刘广安

学法命运

中国政法大学出版社

2023·北京

声　　明	1. 版权所有，侵权必究。
	2. 如有缺页、倒装问题，由出版社负责退换。

图书在版编目（CIP）数据

学法命运/刘广安著.—北京：中国政法大学出版社，2023.6
ISBN 978-7-5764-0936-9

Ⅰ.①学… Ⅱ.①刘… Ⅲ.①散文集－中国－当代 Ⅳ.①I267

中国国家版本馆CIP数据核字(2023)第104465号

出 版 者	中国政法大学出版社
地　　址	北京市海淀区西土城路25号
邮寄地址	北京100088 信箱8034分箱　邮编100088
网　　址	http://www.cuplpress.com (网络实名：中国政法大学出版社)
电　　话	010-58908586(编辑部) 58908334(邮购部)
编辑邮箱	zhengfadch@126.com
承　　印	北京中科印刷有限公司
开　　本	880mm×1230mm　1/32
印　　张	7.25
字　　数	200千字
版　　次	2023年6月第1版
印　　次	2023年6月第1次印刷
定　　价	59.00元

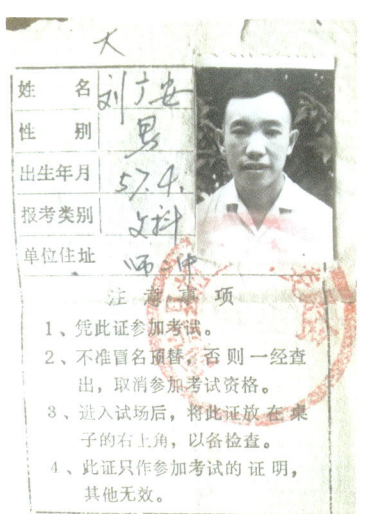

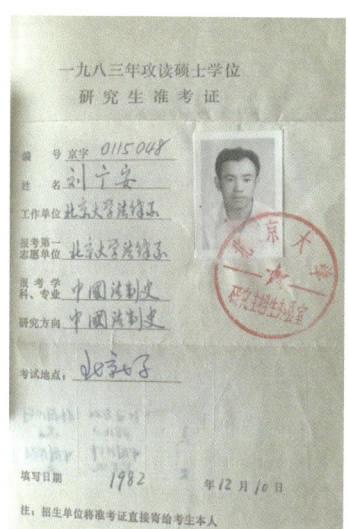

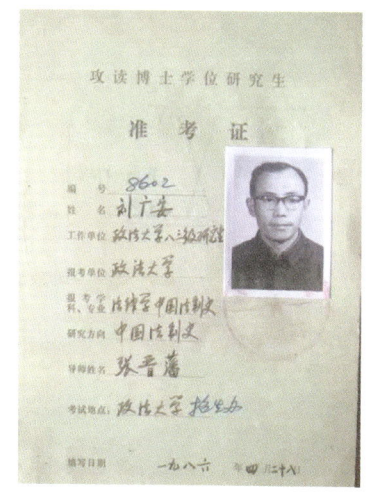

1979.9初入北大同游香山

法大老校7号楼150室(1989.8-1991.8)

前　言

个人各有命运，真情各有缘分，成文各有心愿，表意各有可观，出书目的近似，留言传之于世。本书所选小文，都是命运所赐，缘分所得，真情所寄，心愿所托，曾发表于李凤鸣教授的公号《法立春秋》。今分专题重新编辑，增加注释，并删改增补了数篇法史文稿。

人的一生，命由天定，运由人定。命决定生死，运决定过程。生于何时、何地？死于何时、何地？前者由不得自己选择，后者一般也由不得自己选择。何时、何地做什么，不做什么，自己可以选择。运可选择，气可转化。阴气转化成阳气，晦气转化成朝气，戾气转化成勇气，怒气转化成豪气，闷气转化成爽气，邪气转化成正气，怨气转化成志气。不因生气失运，不因生气伤身。最终做到不负天命，不负使命，不负才学，就应当感恩命运。

思想家李泽厚先生晚年审订并作序的"对话体学术传记"《人生小纪》，摘编旧著，重分专题，阐发学意，看后颇受启发，特编本书。

2023 年 1 月 28 日于京华东斋

目　录

一、感恩父母兄长 | 001
　　父亲挽联 | 003
　　母亲挽联 | 004
　　母亲祭文 | 005
　　兄长赠书 | 007
　　五哥领读 | 008

二、感恩老师同学 | 011
　　三位恩师 | 013
　　师宗一中的四位老师 | 015
　　硝硐小学同学 | 017
　　北京大学同学 | 018

三、感恩有缘学友 | 021
　　致同乡信 | 023
　　学生来函 | 025
　　学生回忆 | 027
　　海子的毕业留言 | 030
　　回忆海子 | 033
　　文章与朋友 | 039

书道　学道　师道 | 040

四、感恩一方水土 | 043
　　花山 | 045
　　神树 | 047
　　云南高原上的哭唱 | 048
　　墨尔本大学之秋 | 050
　　在墨尔本看海 | 052

五、感恩平民经历 | 055
　　东斋忆酒 | 057
　　东斋忆房 | 059
　　东斋忆学 | 066
　　东斋修成记 | 070

六、感恩名文名著 | 073
　　《名文欣赏》前言 | 075
　　《论语重读》前言 | 078
　　再说《诗歌欣赏》| 084
　　陈寅恪手写本：《唐代政治史略稿》| 087
　　四篇名文赏析 | 089
　　七问红楼 | 101

七、感恩法史专业 | 121
　　张晋藩先生论中国传统法律体系 | 123
　　中法史必读书目十五种 | 139
　　法律史学的分类认识 | 153
　　法史研究任课总结 | 165
　　法史学论文的选题及论证 | 183

东斋法史文录 | 193
刘广安法史研究代表作 | 200
刘广安主要论著、主持项目、参加项目 | 206

八、感恩时代命运 | 209
求学简历 | 211
简说命运 | 219
再说命运 | 221

后　记 | 223

一

感恩父母兄长

父亲挽联

悲音南来老父灵归九天重病十年有心望子成龙痛度春秋冬夏劳瘁一世幸见六儿齐家期望百岁延寿有涯长传耕织佳话

古都北恸小儿泪洒燕园离乡万里无意升官发财立志成名成家寒窗数载但愿文显中华重回龙海再拜白腊哭祭杨梅山下

（父亲挽联，1983年1月20日写于北大。龙海山、白腊山为滇东名山）

母亲挽联

能耕能收能织如金在镕如玉在璞劳力劳心为刘门如今长眠悲切切六子齐痛哭母仪垂千秋

爱夫爱子爱孙与人无忤与世无争仁心仁德出陈家于此永诀意绵绵五媳共招魂慈恩传万代

（母亲挽联，五哥撰写，六弟补充。
1990年5月于滇东硝村）

一、感恩父母兄长

母亲祭文

妈！我们在这里哭祭您老人家的在天之灵！

妈！您从瓦鲁陈家到我硝硐刘家来，含辛茹苦五十七年。您尽心侍奉公婆，养育儿女。饭要靠您做，面要靠您磨，衣服要靠您缝洗，庄稼要靠您收种——您苦掉多少啊累掉多少！您背着大儿栽掉多少秧；背着二儿种掉多少地；您领着三儿躲兵，受掉多少惊吓；四儿病危，您守护十二天十二夜，度过多少忧惧；五儿出生后才五天，您就推磨舂碓，留下多少病痛；扶持六儿读书，您熬过多少五更夜，盼尽多少天涯路！父亲晚年重病，您精心服侍十年，您皱纹加深多少道，白发增添多少根！

妈！您对我刘氏一门的无限恩情，儿们怎能报答得了！！

妈！多少年来，您送子读书，送子参军，送子工作，送子远行，您操心掉多少啊牵挂掉多少！儿们像鸟儿群出，像鸟儿群归。归来时带来一阵热闹，离家时留下一片空凉。这给您老人家造成了多少聚散的欢悲！每当儿们离家远行时，您总要送到村口，望着我们的背影转过村东的小山坡，您才含着眼泪怅然若失地移步回家。

妈！在您老人家七十六岁高龄的春节之后，您病得已不能出门送我们了，您还要挣扎着离开床铺，坐到门口，望着我们一个个远去。

妈！您对儿们的无限深情，游子寸草之心，怎能报答得了！！

妈！您老人家一生中，以帮助他人为高兴，以惠济他人为快乐。乡亲父老都希望找您做针线，亲戚朋友都愿意找您缝穿戴，婶娘大妈、妯娌姊妹都喜欢找您叙家常。儿子儿媳孝敬您，孙男孙女孝顺您，侄儿侄媳敬重您，左邻右舍尊重您。您老人家慈心如海，仁心如山，身世平凡，品行高尚！

妈！您老人家身到晚年，眼见得六个儿子都成了家，儿媳都贤惠，孙男孙女都通情达理，您老人家本可放下心来多过几年舒适生活。想不到，您积劳成疾，一病不起，竟至撒手长眠！天丧贤慈，天丧我母！儿们愧无回天之功，恨无回天之力！

妈！您老人家就要离我们而去，青山有知山也悲，绿树有情树也泣！从此后，儿们找谁再团聚，何地作依归?！天丧贤慈，天丧我母！儿们愧无回天之功，恨无回天之力！

妈！您老人家就要离我们而走，杨梅山山高坡陡，您老人家年迈体弱，您要慢慢走啊慢慢走！

妈！哀乐低回向您诀别，爆竹轰鸣给您开路，满堂儿孙、妯娌姊妹为您扶柩搭桥；全村老少、亲戚朋友给您撒花送行。您老人家慢慢走啊慢慢走！

妈！您老人家此去后，上上下下要走稳，风风雨雨要小心。清早起来，让青松给您挡风，让画眉给您唱歌；夜晚到来，让明月为您照路，让山泉为您奏乐。山茶花儿开，给您带去春意；喜鹊鸟儿叫，给您捎去家信；稻谷金黄时，再来祭奠您老人家的在天之灵！

(1990年6月2日宣读于母亲送殡仪式)

一、感恩父母兄长

兄长赠书

我的少年时代在滇东硝村六户人家的上寨度过。村里识字的人少,书很少。三哥、四哥、五哥留下的小学课本和初中课本,语文、历史、地理三书,我反复看了多遍。1979年我参加高考,语文得了84分,历史、地理各得了94分,幸运地考上北京大学法律系。三门成绩得益于当年的童子功。

小学时期,四哥买的全套《三国演义》连环画,是我了解历史的启蒙读本,也锻炼了我讲故事的表达能力。五年级时,借到《西游记》小说,看得入了迷。父亲数次命我去挑水,都未听清。听清了又顶嘴不行动,父亲大怒要烧此书。书虽未烧,但还给赵老师后,就再没有看过该书下册。小学中学时期,回家就要下地干活。大雪天大雨天方可在家读书。插秧季节大雨天也要下地干活。父亲辛劳扶持几个孩子读书,已是当地有远见的人士。

五哥领读

刘明安五哥,大我四岁,在硝硐初小时,他读三年级,我读一年级。我在五岁时,父母上山劳作,在家没人照看,就跟五哥到小学里,坐在他旁边。四个年级在一个教室上课,孙绍武老师给一个年级布置了作业,又接着给另一个年级上课。老师看我认真听着,就安慰两句:"好好学习,以后赶上你哥呢!"这样,我就提前上初小了。五哥比我聪明,不费力就学懂课本知识了。他写的作文《可爱的家乡》,成为老师赞赏的范文,抄贴在学校墙上。他后来到师宗一中,读到初中一年级,就停学回乡,当了赤脚医生。他的胆量比我大,敢走夜路,不怕死人。一次,看到数米长的大蛇拦路,大家绕着走,他拿起锄头就打中了蛇头。

1973年,五哥得到推荐上了昆明医学院。他的天赋很高,爱好很多,学任何知识都不费力。在昆明医学院读书时,就得到同学公认。毕业后,到师宗县少数民族地区担任龙庆公社卫生所所长。在艰苦的条件下,给重病人动手术,取得成功,得到县级省级多次表彰。后担任师宗县医院院长多年。

1979年,在我填报高考志愿时,遵照中专师范毕业生应填报对口专业的规定,第一志愿填了北京师范大学中文系。五哥从外地赶到师宗县城四哥家,力主第一志愿填北京大学法律系。又重新填报第一志愿,这样我幸运上了北大法律系,走上学法命运之路。

1990年5月,母亲去世,他很快写出挽联:

能耕能收能织如金在镕如玉在璞劳力劳心为刘门如今长眠悲切切六子齐痛哭母仪垂千秋
爱夫爱子爱孙与人无忤与世无争仁心仁德出陈家于此永诀意绵绵五媳共招魂慈恩传万代

看了他写的挽联,我就写了祭文,没有再写挽联,只增补了联尾十字。

2006年7月,五哥病故。我写了沉痛的挽联:

大材小用五哥壮志未酬
长话短说六弟悲痛难忍

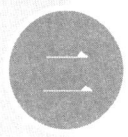

感恩老师同学

三位恩师

1961年7月至1965年7月,我在硝硐小学读一年级至四年级,连续担任年级学习委员。一直是孙绍武老师任教。孙老师是经过民国时期古文阅读训练的老一辈读书人,他教小学语文主要是背诵每篇课文,教作文主要是写家乡四季变化或给亲友写信。五哥写的《可爱的家乡》,我写的《给当解放军的三哥的一封信》,曾被作为范文朗读,并抄录张贴在教室墙壁上。孙老师培养了我的背诵能力和写作能力,让我受益终生。我永远感念这位老先生。

1971年9月至1973年7月,我在师宗一中高三班读书,任英语课代表。陈宗山老师任语文课教师兼班主任。陈老师是安徽人,五十年代毕业于华东师范大学,自愿到云南边疆任教。他讲课思路开阔,情绪饱满,激励人心。他给我的周记批语"贵在坚持、自觉",成为我的终生座右铭。他给我的毕业留言"有志者事竟成",激励我一直努力学习。他指定我为班上每个同学起草毕业鉴定,还安排我在毕业典礼上代表学生发言,我至今记得发言结语。

1983年9月,我进入法大后,经张晋藩先生破格录取和直接指导,先后撰写了《古代赎刑考略》《对凉山彝族习惯法的初步研究》的学年论文，发表于《政法论坛》1985年第6期、《比较法研究》1988年第2期。撰写了硕士学位论文《论明清的家法族规》，缩写本发表于《中国法学》1988年第1期。博士学位论文《清代民族立法研究》，缩写本发表于《中国社会科学》1989年第6期，译载该刊英文版1990年第4期。全书经张先生推荐，1993年由中国政法大学出版社出版。当时定价4.5元，2015年发现有网店涨价至100元，遂出了新的修订版。修订版后记收入了1988年12月30日完成此书初稿时的感怀小诗："二十三年寒窗路，一纸论文透心血。父母师长妻友问，亦喜亦悲意难却。"收入了张先生的和诗："二十三年寒窗影，危坐求知意更真，沧海人生方起步，可怜天下师友心。"

二、感恩老师同学

师宗一中的四位老师

师宗一中是我高中时期的母校。母校的老师给我教益最深的有四位：陈宗山老师、郭长寿老师、姚文先老师、李维新老师。

陈宗山老师是我的语文老师。他讲解文章，思路开阔，热情洋溢，常使学生有跃跃欲试之心。他要求学生记学习日记，记得他给我的一次学习日记的批语是："贵在坚持、自觉"。从那以后，我就坚持记学习日记，至今未停止。我的硕士学位论文《论明清的家法族规》和博士学位论文《清代民族立法研究》的主要论点都是在学习日记中提炼的，然后再写进文章中。我的学习经历使我深深感到：陈宗山老师教学生记学习日记的方法，是积累知识，提高写作能力的一种好方法。我还记得，陈宗山老师给我1972年的语文试卷的评语是："学习比较刻苦，爱动脑筋，学得灵活主动。课文学习注意尚不够。"只有热爱教育，关心学生成长的老师才会对学生的优缺点有具体准确的了解。陈宗山老师就是一个热爱教育，关心学生成长的老师。我永远感激他给过我的教诲。

郭长寿老师是我的数学老师。他讲课认真严谨，有板有眼。他常告诫学生：不要死记硬背，要培养分析问题、解决问题的能力。他给我1972年数学试卷的评语是："学习努力认真，能独立思考问题，但有粗心。"我初中的数学基础较差，记得 1973 年高中毕业时竟达到 90 分的成绩。此进步全靠郭老师教学有方。

姚文先老师是我的物理老师。他讲课轻松自然，间出幽默之语。下午听他的课也不觉困倦。我记得，他不时会出五分钟考试的小题。在课前五分钟或课尾五分钟进行。这种小考锻炼了学生思维灵敏、解题迅速的能力。

李维新老师是我的化学老师。他讲课用语简要，条理清晰，音调亲切，富有启发性。记得我们班很多同学在农村附中时都没有上过或很少上过化学课。上高中的第一学期，大家都不喜欢上化学课。第二学期李维新老师由五龙中学调来任教后，喜欢上化学课的同学才多起来。记得 1973 年毕业考试时，我的化学试卷得了 97 分。此成绩的获得也是遇上了好老师的缘故。

回想我从硝硐小学到师宗中学，从师宗中学到曲靖师范学校，从曲靖师范学校到北京大学，从北京大学再到中国政法大学的整个求学历程，可以说，我都幸运地遇上了我所成长的时代里的第一流的老师。这种机遇是我从一名农村儿童成长为一名法学博士的重要因素。所以，我在写给一位老师的一首诗中这样写道：二十三年万里程，半由机遇半由人。血汗浇熟文坛果，苍天不负苦心人。

（本文写于 1990 年，选自《师宗一中六十周年校庆文章》）

二、感恩老师同学

硝硐小学同学

刘德存二叔，大我两岁，在硝硐初小时高我一年级，由于"文革"原因，到大舍读高小时，在同一年级。1971年至1973年，同在师宗一中读高中。他是高五班数学课代表，我是高二班英语课代表。1974年9月至1975年4月，他任硝硐小学民办教师，教二年级和四年级。我任代课教师，教一年级和三年级。我们共同组织学生栽烤烟，帮助学生理发。1975年9月，我到曲靖师范学校中文班读书。1976年9月，他也到曲靖师范学校中文班读书。1977年7月，我分到师宗县五龙公社少数民族中学教书。1978年7月，他分到曲靖师范附一小教书。1979年在我准备参加高考中，他寄了很多复习资料帮助我。没有那些复习资料的帮助，我很难考上北京大学。

2001年7月，德存二叔的女儿考上法大本科，2006年又到上海财经大学读硕士生。现在昆明理工大学工作。两代人和我共同努力，一直走到今天。

北京大学同学

江西同学季卫东，1979年江西高考文科第一名，大家都称他老季。住在我的上铺，他画沈家本像贴在床头，画屈原像参加学校展出，令同学们刮目相看。篆刻造诣也高，刻章赠送几位同学，得到同学们赞赏。入学时英语考分不高，毕业时已熟练掌握英语。毕业后安排到日本留学，急攻日语，两年后即能为访日学者现场翻译。在艺术上、语言上表现特别突出的人，可以称为奇才。

湖北同学戴学正，同室年龄最小，大家称他小戴。他的老乡在中央警卫团工作，带我们参观中南海、大会堂，印象很深。他20岁考上北大宪法专业研究生，毕业后到中央党校工作。与后来走入仕途的石泰峰、李书磊是党校同事。1989年后，他到美国看望爱人（北大物理系毕业的美女高才生），就留居美国了。

浙江同学张志铭，思辨能力令我敬畏。我后来选择中法史专业，重在实证材料方面下功夫，也重视法理思辨能力的提高，受张志铭同学影响很大。

江苏同学郭巍，本科组建晨钟文学社，写诗天赋远高于我。能用现代汉语写出非常富有诗意的作品。本科同班查海生（海子）则创造了新的诗歌语言。遇到这两位写诗高手，我就极少写现代诗了，也不多钻研古典诗。后来只把古体诗作为一种简洁表达方式了。本科遇到这些才智远高于我的学友,促使我重新认识自己,选择适合自己的人生道路、学术道路。

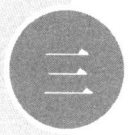

感恩有缘学友

致同乡信

同乡：

您好！

一个自尊心极强的人，在他受到冷遇的时候，自然是格外的心酸。一个有抱负的人，在他不得志的时候，更有说不出的痛苦。医生们都说，有泪就让它流，才不会损害健康。我却有泪就往肚里咽，宁可让它损害身心。因为人们常说：男儿有泪不轻弹。

深知自己决不是天才，也成不了伟人。但当我打开千年来波澜壮阔的历史画卷，面对百年来轰轰烈烈的立宪运动的时候，我意识到：我是中华民族的一分子，我是祖国大地的一成员。我应该以民族的自豪感、爱国的责任心，来对待我所选择的学业。我不只是属于我个人的，我也不是仅仅属于我的家庭的。我不应该躺下去，而应该爬起来，再拼搏。用学习来充实自己的心胸，用奋斗去驱散生活中的苦闷。我不应该把法学只当作一种职业去对待，我应该把它当作一种事业去奋斗。要力争在这一代，为把祖国的法学事业推向一个前所未有的鼎盛时期，贡献自己的一份力量。

一个有浪漫主义激情的人，又有现实主义头脑的人，当他感情爆发的时候，像山洪一样奔腾，像海浪一样汹涌，像狂风般呼啸，像野火般猛烈。当他感情受到压抑的时候，像岩浆冷却后的坚硬，像惊雷在乌云中的沉闷，像山风在幽谷中的徘徊，像大地在黎明前的静寂。这样的人，他既不是那种故作老成持重的稳健者，也不是那种蔫头蔫脑的所谓老实人，更不是那种道貌岸然的伪君子。这样的人，他只是襟怀坦白、光明磊落，优点和缺点都敢于拿到阳光下暴晒。他在经历了人情冷暖、世态炎凉之后，他沉默了，他也成熟了，他变得更加坚韧了。他对他的前程，既不是太悲观，也不是太乐观。他只是按照他的身份去为人处世，他只能按照他的理想去学习和奋斗。他对他的人生抱着这样的态度："能做擎天的柱，就做擎天的柱；能做摇船的橹，就做摇船的橹。做根扁担挑它千万里，做副箩筐装它百斤米。当作柴烧就煮熟粮食，化为灰烬，就养肥田地。"

无论成功还是失败，他对真正帮助过他的人都报以诚挚的感谢。用语言，更多的是用行动。他最喜欢的格言是：路遥知马力，日久见人心。

昆明的冬天也是温暖的，衷心祝愿您春节愉快，恭贺您饱享天伦母女之乐。

北京的寒潮又来了，今天刮着六七级的大风。我坐在38楼529室窗前，面对远处的燕山山脉，面对近处的图书馆和博雅塔，面对西伯利亚南侵的滚滚寒潮，信笔写下此信，并最后写道：

寒潮来得更猛烈些吧，
你是暖春到来的号角，
你是金秋硕果的喜报！

刘广安
1983年1月29日写于北大燕园当日寄出
1983年3月22日上午忆录于北京大学38楼529宿舍
1990年12月20日复录于中国政法大学老校7楼150室

三、感恩有缘学友

学生来函

尊敬的刘广安老师:

对于您提供的稿件《法史学评论的范式问题——徐忠明〈思考与批评〉读后》,给予我们的支持和帮助,真是让我们对您十分感谢。

您在同学中是很有影响的。我们知道您现在很忙,但如果您有时间看一看我们编的这本小小的班刊,您就会发现,有好几位同学在自己的文章中都提到了您,您的思想和做事的方式乃至您朗诵的诗,都引起了我们的思考。

第一次向您约稿子,是在两周以前吧,您说了自己的忙碌与时间的缺乏,我觉得似乎没什么希望了,实在有点沮丧,是啊,我也知道这只是班级里办的一份小班刊而已!但没想到您并不是搪塞,第二天,您还想着我只是在课间提到的这件事,拿给我了一共三篇稿子,有您的求学经历,有您写给友人的发表感想见解的信件,当然,还有采用的这一篇。

但更令我没想到的是,您还一直记着我们的这件小事。那一天的课后,您问我编辑的情况,叮嘱我一定要认真校对。

我觉得您是一个做事认真的人。真的很少有您那么一丝不苟的讲义了,三种不同颜色的笔迹代表不同的内容;每次同学的提问都会给予认真的回答,并把回答的内容在课上公开宣讲,让没有提出没有想到的同学也能有所启发有所思考。也许这真的是一个浮躁的时代，经常有人在忙忙碌碌，而真能静下心来做些学问干些实事的人是越来越少了。

我们也见过许多老师，也经常在一起品评老师。有口若悬河，一节课都在不停地讲，讲者口沫横飞，听者兴趣盎然，但下课后仔细一想，就和听了一回相声没什么区别的；有声音抑扬顿挫，看似井井有条，实则是教材播放器的；更有讲台上下都知道是在蒙事的。我们给您的评价是：好似一位引路人，将道路指给我们，帮我们前行……

我知道您是一位精益求精的人，但由于时间的仓促与设备的有限，这份刊物的效果尤其是印刷效果的确是难以令人满意（这种小批量的印刷成本十分的高，做一页彩喷就要50元。故只好只做两本上交学校，余者皆用这种原始的复印方法，更糟的是，没想到在P3上做得挺好看的图片效果在那家店里那么差）！也许有点粗糙，也许编到后面有的校对工作不十分好，有什么不妥之处请您批评指正。但请您相信，我们是在努力的。

（2000级法大本科生班刊编辑）

三、感恩有缘学友

学生回忆

这些可爱可敬的老师们,有的早已声名远播,课堂常被旁听的学生围得水泄不通。江平教授是所有法大人心中的偶像,"只向真理低头"不仅是他的人生总结,也是对后来者的期望。

而有些老师却像一盅老汤,入口平常,但越品越香。法制史研究所的刘广安教授是博士生导师,毕业于北大。像他这种身份本无须给本科生代课,可他主动要求来昌平。除了打破教材纵向体系分专题讲课的'博导气魄',他还给同学列了一份书单,给我们的书海生涯指明航向。书单中包括季羡林的《留德十年》、唐德刚的《胡适杂忆》、黄仁宇的《万历十五年》、钱穆的《中国史学名著》、朱自清的《经典常谈》、李泽厚的《论语今读》、冯友兰的《中国哲学简史》、宗白华的《美学散步》、费孝通的《费孝通散文》等。刘老师还分别为它们附加了言简意赅的评语。这些评语令人倍感生动有趣,而其中蕴含的深刻哲理令人终身受益。

正因为有这样的良师益友才铸就了法大一批批优秀的莘莘学子,也成就了一个大学的优秀。

(这位学生发在网上,没有见过面)

刘广安先生在中国政法大学执教恐怕也有不少春秋了,因为我从那里研究生毕业就已经15个年头了。他给我们讲授

《中国法制史》。他似乎就是为治史而生的，永远的从容，永远的细致，永远的耐心。面对汗牛充栋的累累典籍，置身青灯黄卷的漫漫岁月，没有定力和毅力怎行？当年他住在筒子楼里，家中环境逼仄。每天晚上，他总是雷打不动地坐在联合楼三层的办公室里，静读至深夜。晚间结束自习回寝室的路上，我时而拐到他办公室里坐坐聊聊。现在很多高产学者，一年甚至几个月就能出一本书。我清楚地记得，刘老师当年送我的那本《清代民族立法研究》，可能也就十万字左右，拿在手里轻飘飘的。但他却耗费数年之功，走遍了北京的各大图书馆。待你一遍读过，就会感到此书是那样的厚重，几乎没有一句话是多余的，没有一个观点不是千锤百炼的。仅从注脚来看，这十万字，至少是在消化了几百万字的资料之后形成的。正如火柴盒大小一块煤炭，却凝固了一间房那么大一块木材。难怪还未成书，以地位之权威、用稿之挑剔而闻名的《中国社会科学》就摘要发表。至于他后来陆续出版的一些重量级著作，可想而知花费了怎样的努力。

他的夫人也是一位有修养的人，在政法大学图书馆从事采编工作。我怀疑广安先生对书的鉴赏能力之高，是否多少也得益于夫人之助。他们的家中，举目四望，无一处不是书籍的世界，仿佛就是一座图书馆。同一种书，就有多种版本。上次造访，他送我一套脂砚斋本《石头记》，现珍藏于我书房的精品书架里。

他们的性情甚至影响到了他们家的那只猫。此猫本是一只流浪猫，孩提时代被刘老师收留，从此成为家庭成员，一待就是十几年。它并不像其他猫咪那样在家里上蹿下跳，而是爱静，总是默默地待在一个地方冥思。上次在政法大学附近的郁

三、感恩有缘学友

阳湖饭店请刘老师和陈兴良、许章润老师吃饭,高谈阔论之间,我突然问起那只猫。刘老师无奈地说,老了,饭量小了,更不爱动了,就像介绍一位老友。

20世纪90年代,刘广安老师等几位同道"发现"瞿同祖先生于北京崇文门时,写了一篇颇有影响的采访文章。时人无不喟然:老先生真是大隐隐于市呀!我看,现在刘广安老师也快达到这个境界了!

(这位学生后来担任新疆维吾尔自治区检察长五年,现任内蒙古自治区检察长)

学法命运

海子的毕业留言

《北大往事》主编橡子来电话,让我写一点文字,回忆海子大学时代的一些事情。我找出放在书柜底部的一本毕业纪念册,根据纪念册的记录打开了回忆的通道。

这本纪念册是北京大学法律系七九级二班的全体同学在1983年毕业之际,自费编制印制的。纪念册封面的"法学阶梯"四字,是北大法律系的李志敏老师题写的。纪念册的前言是季卫东同学撰写的。全班51位同学,每位同学都自己设计一幅图画,并在画旁题上一段话作为留言。

海子设计的图画是:大海上面一轮太阳正在升起,两只海鸥正从海面飞向天空。三个形体像古岩画上的人,在面向大海、迎着太阳舞蹈。一个男孩背对画面,面向大海,面向太阳,仰视着远方。两道弧线标明男孩的目光似乎是投向远方的一片麦地。一条挂帆的小船在男孩的影子透视中依稀行进于海面上。看着海子在毕业纪念册上设计的这幅图画,我不禁想起了他在1989年弃世前夕写的一首诗《面朝大海,春暖花开》。这幅图画似乎就是海子对这首诗的一种预言。在我看来,海子的作品有别于当下流行诗人作品的最大特点,就是他的作品带有强烈的预言性色彩。他的作品不仅有对个人命运的预言,而且有对整个人类命运的预言。

海子在这幅图画的右上方留下了三行诗:

三、感恩有缘学友

路是一支瘦瘦的牧笛
把牧歌吹成渔歌
潮来潮去，我积攒叶叶白帆

海子毕业留言的含义，我今天看了仍不太明白。但我一直觉得他的留言是全班同学留言中最富于诗意、最富于美感的。他的文字组合得富于自然之美，语言运用得富于音乐之美。看海子的诗，就像看抽象派的画，不同的人可以得到不同的美感和体悟。

海子在大学时代，喜欢看哲学类书籍，也喜欢看美术类、考古学类、民俗学类书籍。他从北大图书馆借书很多，看得很快。他看书很博杂，但写出的小诗却很单纯、很清丽。他曾将自己写的一些小诗编成集子，送给一些同学。海子在大学时代后期，已有诗名在同学中流传。我曾经是个爱好新诗的人，但爱好的是郭小川那一代诗人的新诗。看了海子的新诗后，我觉得自己爱好的新诗已赶不上时代变化的需要了，就从此断了写作新诗、成为诗人或作家的念头。面对海子的天才，面对季卫东等同学的杰出才智，我在1982年7月7日写下了这样一段日记："我历来觉得自己天分甚高，近来明白自己只是一个具有中等资质的人。有点天分，也只是小时候的事。以后只有靠恒心和毅力去学习和生活。"并写下了一句话："决心钻研中国法制史，立志成为一名学者。"这是我大学三年级末期的日记，记录了海子等同学给我大学时代造成的最大的影响。

北大毕业15年之后，一位海子诗作的敬慕者经我的研究生介绍来到我家，让我谈谈对海子的印象。她带来了一束紫白相间的名贵的花,从没有人送过我这样名贵的花。我和妻子均认为,这束花不是送给我的,而是送给海子的,送给诗歌的。我们把与海子有关的东西拿给来访者看,并赶到书店购得西川整理出版的《海子诗全编》一书,把来访者送的花,贡献于海子的诗集之前。

1998年7月25日写于北京蓟门之地
(本文选自《北大往事》,新世界出版社2008年5月版)

三、感恩有缘学友

回忆海子[*]

《读书人》访谈（2017年1月10日）

刘广安：《法学阶梯》这个纪念册，是1983年5月份北京大学法律学系七九级二班自费印制的。这个纪念册是由每个同学自己设计一幅图、自己想一段话编进去的。海子设计的就是这一幅图（手指纪念册），《北大往事》主编让我写海子回忆，我就是根据这幅图写了《海子的毕业留言》。我是把它跟《面朝大海，春暖花开》那首诗联系起来。因为这幅图给人看的就是海子面朝着大海了。所以我说，海子的诗与一般诗人有很大的不同，就是它有很大的预言性色彩。这么说有些不好解释，我觉得好像命运色彩一样。这是他在1983年5月份设计的图，它配上这几句话："路是一支瘦瘦的牧笛/把牧歌吹成渔歌/潮来潮去/我积攒叶叶白帆。"这几句诗，我认为就是他自己求学经历的一个传记，变成一种诗化的语言。这个也是他从一个校园诗人后来成了一个社会诗人的成长过程中一个重要的里程碑式的诗。这个诗呢，现在西川编的《海子诗全集》没有收录，所以这算是一个了解海子，放在一个纪念册里头、他设计的图、他写的诗、他对自我的一个认识总结，也是跟同学交流的一个很宝贵的材料了。这是我对这个纪念册的简单

---

[*] 申巍博士根据录音整理。

介绍。

海子在 1989 年 3 月 26 日在山海关辞世之后,我们是在 1989 年 3 月 31 日,我记得,骆一禾、我,还有现在中国法学会的一个同学李存捧,还有学校的一些领导一起去了山海关。在山海关,4 月 2 日写了这个《悼海生》祭文。这个祭文里面的"万丈晨曦从天而降",这句话不是我写的,这是骆一禾在秦皇岛献给海子的那个挽联:"万丈晨曦从天而降"。今天我接受你们的访谈,早上一下子就看见(展示手机今天清晨拍的朝霞,指给记者看),北京很少有这个景象。我一下子想起这句话,有一种很神奇的感觉。我住这个楼这么多年,这种从天而降的彩霞很少见到。像骆一禾、海子这种诗人在我认为,是一种天才式的青年。他们的诗,我读过的那些诗里,有一种先知的感觉。这个是对这句话作一个说明:"万丈晨曦从天而降。"

4 月 5 日在北京,我们班的同学来看他的父母。我把这个祭文拿给同学看了,有的同学建议把祭文里面"在中国诗史上"这句话作一个修改。所以就修改成了"海子将不只是一个中国的诗人,而是一个世界的诗人,他的名字在世界的诗史上,将会与拜伦、雪莱、莱蒙托夫同列。"在 1989 年 4 月 12 日中国政法大学举行的海子追思会上,我读了这个祭文。当时一些老师和同学听了,有的关注了海子辞世这个事情。熊继宁后来编的《海子与法大》,专门设了一节,谈那个追思会,其中也谈了这篇祭文。他用了"如雷贯耳"这个词,他主要不是说引骆一禾的评价或者我们对海子的评价,他是对我最后对海子的辞世的死因的质疑,他记住了:"海子的死因将是一个永远的谜,殉情乎?殉诗乎?殉难乎?殉道乎?其后识者再察

三、感恩有缘学友

之。"实际上像海子这样的死因,我觉得是一个谜了,这是一个综合性的问题了。我不多说这个了。

这个祭文在2001年3月26日,被中国政法大学文学部的一些学生要去了,登在这里。现在在熊继宁编的《海子与法大》里,他把它收在里面,就成了一个正式公开出版的了。我的这个祭文的原件就是这样的,可以摄一下。

我在这个追思会上读了这个祭文,有一些学生就来找我了,特别是海子诗歌的爱好者,后来有一个学生送了我这本《倾向》。这本《倾向》呢(一边翻阅该书),是海子、骆一禾逝世一周年之后,可能是北大中文系一些人编的。是不是骆一禾的夫人编的,我都不知道,是哪个同学送我的,我都记不住了。这个书送了我四五本,我也转送了其他人。其中收录了骆一禾对海子的评价。这些文章对海子后来被学界了解、社会了解,至关重要。因为在我的心目中,如果海子没有遇上骆一禾,海子对诗歌的理解不会提高那么快;如果骆一禾没有遇到海子这样天才的诗人,骆一禾的诗哲理性很强,可能不像海子的诗流传那么广。我现在在骆一禾当时写给编辑的好几封信中,挑出其中的一封信,里面的一段话,念一下骆一禾当时对海子的评价:"海子是我们祖国给世界文学贡献的一位有世界眼光的诗人,他的诗歌质量之高,是不下于许多世界性诗人的,他的价值会随着时间而得到证明,但我所担心的是,他的诗集不能问世。也就是说声誉渐隆的重新发现——那要超过他目前获得的国内优秀诗人的声望——是以有机会传到未来为先决条件的。但如果连这个传到未来的机会也没有,就无可挽回了。然而文学是一座广大的公墓,其间林立着许多无名者的墓碑，在这个价值贬值、物价上涨的年代，他被埋没的可能是现实的可能。青海的诗人昌耀从1954年到1988年的三十四年间，竟没有一篇，也就是说三十四年间，一个民族的大诗人放在面前而无人认得，这就是我们当代文学和时代环境令人发指的一个例证。这种境况对海子的危害就更大。他死得太早，可以说，是世界上的短命天才中最年轻的一个。我们都缺少机会，因为认识是会很深的，想到海子被埋没实在是令人不寒而栗。"

他们都争取出版社，希望得到人家帮助，所以争取到一个机会，出骆一禾的诗集，骆一禾放弃了出自己的诗集，出了海子的。骆一禾、海子和西川在诗界的这种友谊、这种传奇，我觉得可能是前无古人，甚至可能是后无来者，主要是海子和骆一禾相继一个多月都故去了，因为骆一禾主要是因为，海子把这个遗稿托付给了骆一禾，骆一禾在很大的压力下整理这些遗稿，脑溢血故去了。后来把这些遗稿转给西川，西川把海子的诗稿整理出版了。如果没有西川、骆一禾，海子也就被埋没了。骆一禾在我心里就是一个哲人，海子是一个天才诗人，西川真就是一个道义之士。什么叫作"义"？在西川这儿，体现了中国古代"仁义"的这种典范吧，在现代社会这样的典范吧。这些话都是当时骆一禾和其他诗人对海子的评价，很少数人的评价："海子不但对现在和未来，而且对过去，都是有作用的诗人。在我所推重的诗人里第一位就是海子。这是北京诗人所周知的，因而在京也有一批人是不能容他的，我确实感到在他短暂的一生中，我有幸是他的友人，而不是仇人。"因为对海子当时在诗界看法并不一致啊，在生前并没有获得那么多的影响。"现在海子不存在了，也永远打不倒了。他的火光不

三、感恩有缘学友

是挽歌式的,而是朝霞式的,我想他的代价却是如此高昂,不能不说是一种悲痛。"

我就挑这么一点念了。后面海子的生涯,这个都是在骆一禾5月13日写完,骆一禾随后没有多久就脑溢血故去了。这个民间的小册子后来传到社会上,在南京两个诗歌爱好者把这个大部分内容出版了。当时没有现在这种版权意识,但是出版了之后,社会上就迅速广泛了解骆一禾和海子了。如果没有这样的一个小册子,当时在1991年很快地印了出版,等到后头慢慢地再整理出来,骆一禾和海子的声名,那还要延期才会有影响。所以这个对骆一禾、海子是一个历史上很重要的文本。这个文本就说这么多。介绍了两三个材料,都说了是吧?

记者:还有那个捐款的材料。

刘广安:捐款那个也作一个材料依据吧。这个是当时同学来到法大,海子的父母在的时候,有些同学来看,有同学建议组织在京的同学捐一点款。所以在1989年5月16日写了个《查海生同学治丧小组通告》,我和李存捧,还有一个叫刘国庆的同学三个人就成立了这个小组。我们把这个捐款通告发给同学,同学来就捐款,这个是当时李存捧做的记录。当时同学们都很穷了,只有作律师的捐到100块钱,有些捐20块,10块的也有。因为我当时还在读博士,正在毕业阶段,压力很重,还在民族大学任课,后期也就没有组织这个工作了。李存捧是硕士,也正在读到紧张阶段,也忙着找工作,最后捐款也就只捐了这么多。在京的同学联系了之后,后来把这个通告打印出来,把这个捐款的名单打印出来,这个是打印稿,就由李存捧同学寄给捐款的同学,款也由李存捧寄给了海子的父母。

我把这个捐款记录发到微信上,现在有些海子的爱好者,新时代的爱好者,他们看了很心酸的!就在那个时候还(有这些捐款)。这个是学生编的叫《法大人》的刊物,这一刊物,第一版主要登海子的诗,3月26日是海子的纪念日。当时有人介绍说,当年有他同学写过海子祭词,在追思会上念过,你们去找他。他们就找我,我就打印了一份给他们,把我的这个打印出来。这个(打印稿)改过两个字,比起那个上面的,那个是"无数星球",这个改成"千百星球"。我再念一下,怎么样?

记者: 好啊。

刘广安: 海生,安徽怀宁独秀同乡人,十五之龄腾飞于未名湖畔,二十五之年,陨落于山海关下。海生以短暂年华纵横于文史哲美法诸学科之间,而以诗作横绝于世。海生前期的诗美而纯,海生后期的诗奇而烈。其美胜于夏花,其纯近于晶莹,其奇若万丈晨曦从天而降,其烈似千百星球凌空而炸。海生的诗,将是中国诗史上的一个可望而不可即的奇峰,海生将不只是一个时代的诗人,而是一个世纪的诗人。将不只是一个中国的诗人,而是一个世界的诗人。他的名字在世界诗史上将会与拜伦、雪莱、莱蒙托夫同列,海生的死因将是一个永远的谜,殉情乎?殉诗乎?殉难乎?殉道乎?其后识者再察之。海生同窗哀之哉,痛之哉!一九八九年四月二日拟于秦皇岛,四月五日修订于北京。

记者: 非常感人。

(刘老师深情诵读后,一挥手,向记者示意了一下,站起身,到窗户旁边坐下,难抑心中情感,流下泪来。)

三、感恩有缘学友

文章与朋友

以文会友是一种雅事,也是一种难事。因为文章的风格档次和各人的情感志趣多有不同,要碰上相互理解、相互欣赏的文友很难。就我的观感来说,一般文章可以分为三个档次:低档者为致力于雕饰词句者,只知面目修饰之美者也;中档者为致力于谋篇布局者,似已知体形之塑造者。高档者为致力于抒情说理者,近乎已知心理素质之培养者。这三种档次的文章都属于功夫性的文章,其作者都在传统语气范畴内运作,只是功夫的侧重各有不同而已。好学者皆能为之。在功夫性文章之上的是富有想象力的文章,其语气构思每出于常规,时有令人激赏精妙之笔。常人已难为之。富于想象力文章之上的为具有创造性的文章,其语言构思已突破了现有的规范和传统,识者惊叹其奇特,不识者批评其怪谬。此种文章非天才莫能为之,强为者不是愚人则是妄人。

文章有此等差异,朋友类型颇似文章分别,亦可分为三类:一为投桃报李型,彼此只能互惠交换,礼尚往来者也。二为苦乐相关型,彼此已会因对方之苦而忧心难过,因对方之乐而赏心欢喜。三为崇尚情义型,彼此已视情感道义重于势利荣华,虽厉害关头也不相弃。患难夫妻庶能近之。

文章的档次不同,朋友的类型有别。写好文章不易,交好朋友很难。以文会友实难。

(本文发表于《中国政法大学校刊》1995年4月10日)

书道　学道　师道

看书是我生活的一种享受,是我精神的一种安慰,是我寻友的一种方式。我把书分为五等:

伟大的书籍为第一等。此等书在人类知识发展史上有开宗立派的意义,有举世公认的影响。杰出的书籍为第二等。此等书不仅具有原创性的贡献,而且具有跨学科的影响。优秀的书籍为第三等。此等书既含有作者的独到见解,也得到同行的多数称道。普通的书籍为第四等。此等书为综述已有的成果而无独立见解的书。低劣的书为第五等。此等书或思想上有害于人类,或语言上鄙俗拙陋,或逻辑上混乱无序,或材料上错漏百出。

书有等差,看书不可不选,不可不慎,不可不量力而行。

选书不易,为学成才大不易。我把为学成才之路分为五步:第一步是要培养正气。为学必须培养正直的品德,保持以诚待学的态度。第二步是要培养志气。为学必须下定持之以恒的决心,培养以学为本的精神,树立志在必成的信心。第三步是要培养朝气。为学不仅要谦虚,更要有热情,甚至要有激情。缺乏热情,没有激情的人是不会获得创造性成果的。第四步是要培养才气。才气一半靠天赋,一半靠学习。"勤能补拙是良训,一分辛苦一分才",此言极是。第五步是要培养帅气。为学能使人雍容大度,挥洒自如。为学者如果能达到上述五种境界，那么不论高个、矮个、胖子、瘦子，都会成为富有魅力的人才了。

为学成才不易，为师入道更难。我把教师入道深浅分为五种类型：第一种是敬畏型。教师虽因身份关系受到学生尊敬，但学生对此种教师常存畏惧之意，而未必诚心佩服。第二种是敬喜型。此种教师既能受到学生尊敬，也能得到学生喜欢，其学问却不一定为学生看重。第三种为敬重型。此种教师不但在颜面上受到学生尊敬，而且学养使学生从心底里佩服。第四种为敬慕型。此种教师不仅得到学生的尊敬、佩服，其学养、言行也得到学生的羡慕，甚至其职业也对某些学生产生了吸引力。第五种为敬仰型。此种教师的学养、才华、人品、志趣，常会令学生发出高山仰止的叹息。教师达到此种境界，已是由凡入圣之人了。

选书不易，为学很难。成才有大小，师道有高低。书生、学子何去何从，可不勤乎？可不慎乎？

（本文发表于《中国政法大学校报》2003年1月10日）

四

感恩一方水土

花山

花山，是我家乡背后的一座山，是杨梅山的主峰。杨梅山位于云南东部高原上。

晴朗之日，登上花山之巅，举目四顾，方圆可看到百里之外，一直看到山与天衔接的地方。偶有清风吹来，白云从天空飘过。它的阴凉在云南高原上飘过一道山，又飘过一道山。我每次看到这种景象，就会想到书上说的辽阔的海洋和海洋上的波浪。

童年时，我跟哥哥们放羊，来到花山之巅。羊儿在周围吃草，啃树叶，偶尔惊醒了树丛中的兔子或麂子。这些比羊儿机敏的生灵，从我们眼皮底下一蹦而过，跑到不远处，又停下来张望。山腰的密林中，不时传来雄山鸡"锵——锵——"的叫声，和雌山鸡"哆锅，哆锅"的回应声。常会看见雄山鸡舞动彩色的翅膀飞出一片密林，落到另一片密林之中。那时候，山上的豹子已经很少了。要有，也只会隐藏在山腰的茂草丛林之中，不会到草木低矮的山巅来。豹子咬羊、咬狗的事，我只从父兄的口中听过，没有亲眼见过。

花山上的植被是分层次的。各种植物，名目繁多，乡土名称我已记不全了，学科分类我也说不清楚。印象颇深的是山上的橡子树。每年秋季都有附近的村民上山采摘金黄色的橡实。庄稼丰收的年月，村民用橡实做猪饲料。灾荒的年月，就当作人吃的粮食。听说大跃进的年代,橡实救了我们那一带的山民。印象更深的是山上的杨梅树了。杨梅成熟的夏季,一串串杨梅挂满了细细的枝条,有红色的,有绿色的,有浅白色的,看见了就眼馋,想起来口里就充满了湿润。杨梅山就是因山上盛产杨梅而得名的。印象最深的当然是山茶花树了。山茶花开放的春季是诱人的。山麓的村民突然在某一个上午看到山上的绿色丛中这边冒出一点红色,那边冒出一点红色。有人又看到了一点白色,又有人看到了一点粉红色。虽然这是一年一度都会见到的景象,但村民还是会相互传告,举目眺望,共享这冬去春回的暖意和喜悦。第二天,第三天,山上的红色越来越多,白色也越来越多,不是点,而是线;不是线,而是团;不是团,而是片了。接着,满山满坡都烧开了山茶花。花山,就是因山茶花而得名的。

离乡二十年后,当我在京城的深夜想起故乡山茶花怒放的景观,我也禁不住要呼唤:哦,花山,花山!你这生我养我的地方,我何日能再见到你的容颜?我还能不能再见到你的容颜!哦,花山,花山!你这我祖父安息的地方,我父亲安息的地方,我母亲安息的地方,我何日能再回到你的身旁,何日能再回到你的怀抱?我要向你再来一次三鞠躬!我要向你再来一次顶礼膜拜!哦,花山,花山!你是我心目中的神圣之山!你是我生命中的永恒之山!你是我祖祖辈辈、世世代代生生不息的灵魂之山!

(本文发表于《中国政法大学校刊》1994年11月10日)

四、感恩一方水土

神树

  我的家乡是保留初民社会信仰较多的地方。虽然跨入了社会主义社会，但村民生活中仍留有初民社会的烙印，万物有灵的观念就是其中之一。某一棵树年岁太大了，长得太粗了，村民就会奉之为神树，对之烧香求拜。某一个石头，样子有些怪异，村民就会敬之为神石，对之叩头献饭。在我童年时，村的北面二里远的地方，就有一棵够六七人合抱的大树，被敬之为神树，常有人在树下烧香。大树不仅主干粗大，而且枝繁叶茂。多年落叶积在树下，有二三寸之厚，表面的一层是金黄色的。每当风和日丽之时，孙绍武老师就会带我们去这棵树下上课。有时唱歌，有时游戏。口唱干了，就到树旁的洞里饮泉水。游戏玩够了，就躺在软绵绵的树叶上休息。那种快乐，正是孔夫子当年所称道的。可惜好景不长，我读了四年级，就到外村上学去了，再没有机会到那棵大树下与小同伴一起唱歌读书了。后来，大队革委会的一个副主任，嫌大树枝叶遮了他家的田，就在树下挖了一个洞，放进了几包炸药，炸倒了大树。树倒，叶散，泉水也随之干涸了。我童年时代的一段快乐生活，也随着大树的倒下而一去不复返了。几年后我听说，那个革委会副主任倒了霉，村民都说是他炸倒神树的报应。直到今天，我仍愿意相信所说报应是真的。

（本文发表于《中国政法大学校刊》1995 年 11 月 20 日）

云南高原上的哭唱

在云南东部高原上,哭唱是妇女常用来抒发悲伤情感的一种方式。我小时候,跟母亲在地里劳动时,多次听到她悲伤的哭唱。有时,她哭唱父母逝去后的哀思;有时,她哭唱自己生活的艰辛。她挂念父母到了阴间世界里,衣服破了谁人补,饭菜无了谁人送。出门山高路不平,不要忘了带拐杖。她哭诉自己生活中遇到的种种委屈和孤独苦闷,万语千言难对人间说。她哭诉自己没有生养一个女儿,无人听她说说心里话,无人帮她做做家务事。六个儿子,她一个个背着长大,留下多少病和痛。丈夫生病多年,她一人照顾,受了多少苦和累。三十余年过去了,每当我想起母亲的哭唱,就忍不住要伤心落泪。

在云南东部高原上,哭唱也是男子偶尔用来抒发悲伤情感的一种方式。我的二哥,在他妻子病故,儿女幼小,自己久病未好的情况下,就悲伤地哭唱过。二哥是村里唱民歌的高手,他的哭唱曾被村里人误认为是在唱民间歌谣。我大学毕业回家时,听邻居说,有一段时间,每到夜晚,二哥家就传出唱歌的声音。他们都觉得唱得非常好听,就悄悄地到二哥家房前听。朝门缝里一看,见二哥泪流满面,才知他是长歌当哭。常言说,男儿有泪不轻弹,只因未到伤心处。我的二哥是一个性情耿直强硬的人,他的哭唱流泪,确是伤心至极的宣泄。

在云南东部高原上,善于哭唱的人会受到人们特别的敬重。我的表姐就是一个非常善于哭唱的人。她虽然不识字，但我们都认为她是一个真正的才女。1990年5月，我母亲去世时，她从四十里之外的山村赶到我们家。离我们家还有数里之远，她的哭唱之音已经越过山梁，越过高岗，传到村里了。村里的大人小孩都到路上听她动人的哭唱之音，由远而近地传来。在地厚天高的云南高原上，声传数里的哭唱之音随着轻风飘散开去。那种悲伤之美不知打动了多少人的心灵。

云南高原上的哭唱，给我一生留下了镂骨铭心的记忆。在这清明时节，在这远离故乡的京城闹市之中，当我想起故乡亲人的哭唱之声，一种沉重的责任感就再次落在我的心头，一种历史的重负感就再次压在我的肩上。

（本文发表于《中国政法大学校刊》1997年3月20日）

学法命运

墨尔本大学之秋

墨尔本是个美丽的城市。城中最美丽的地方,就我的观感来说,应数墨尔本大学。这所大学位于帕克维尔地区,维多利亚大街之北。学校创办于1853年,为澳大利亚历史最悠久的大学之一。据说,澳大利亚政界人物多出于此校。学校现有18个学院,2万余名学生,与30个国家的一百多个学校签订了正式的交流协议。学校领导为把其建成世界上名列前茅的大学,正规划着宏伟的蓝图。墨尔本大学的历史、成就和现在的发展构想都给我留下了很深的印象,但给我印象更深也更强烈的是该校动人的秋景。

我是深秋时节来到墨尔本大学的。这些天来,我在墨尔本大学幽雅清静的图书馆前,在玲珑精致的专家楼旁,在庄严肃穆的教堂周围,在海鸥时起时落的运动场附近,看着这里的树叶由绿色变为浅黄,又为中黄,再为深黄。看着黄叶随风徐徐飘落,撒满了校园,铺满了林荫道。听说,墨尔本人曾称他们有世界上最美的林荫道。仅从墨尔本大学的林荫道来看,此言也非狂语。

5月4日上午,友人带我到校园各处观赏秋景。在校园西部宽阔辽远的林荫道上,我们举目北望,但见黄叶漫道,随风拂动,宛如一条金色的河流伸向远方。我到墨尔本大学时间很短,竟能看到如此壮丽的秋景,我应该感谢上苍,感谢友人,

四、感恩一方水土

感谢命运！这次到澳大利亚，仅有此一见，我已能说，南天万里，不虚此行。仅有此一见，我已敢说，我是美丽的墨尔本大学1996年秋天最辉煌最灿烂的景观的历史见证人。仅有此一见，我已想说，都市化社会的朋友们，你们应该达成这样的协议：禁止喧嚣的汽车通过风景名胜之地。让人们能在宁静中欣赏上天赐予的灿烂的季节，欣赏人间创造的辉煌的景观，享受远程寻亲访友共度良辰美景的得之不易的愉悦和欢欣。

5月5日晚上，我独自顶着绵绵细雨，沿着5月4日走过的道路又走了一次。路上除我以外一个行人也没有，只有厚厚的秋叶静静地躺着，在温柔祥和的气氛中，安然地睡去了。

（本文1996年5月10日写于墨尔本大学专家楼882号，发表于《中国政法大学校刊》1996年6月30日第四版《人文札记》）

在墨尔本看海

我是生长在远离大海的云南高原上的人。我对高原的坦荡和幽深很熟悉,对大海却很陌生。我第一次看到海,是在1989年4月初,在秦皇岛的老龙头处。那是参加大学同学海子的追悼会顺道去看的。蓝得发黑的海水,使我心怀恐惧,感到人生渺茫难测。从那以后,我不愿意去看海。我对人说,我喜欢山,不喜欢海。

这次到墨尔本来,同行者建议去菲利普湾看海景。我勉强随从而去。5月9日,我们坐电车到了菲利普湾海滨的度假之地。这里汽车很多,船也很多。海滨有绿色的棕榈树,橙色的旅馆,白色的沙滩,还有一座桥通向海里。我们走到桥上时,吹起了海风。我担心眼镜被吹落,手紧紧扶着眼镜框,侧身而行。返回住地后,我没有想写海。

5月30日,同行者又建议去菲利普湾的另一地方看海景。我们坐火车到了威廉思敦的海滨。这里是一片荒草地,很安静。虽说这里已是冬季,但丽日当空,温暖如春。我们穿过荒草地,走到了海边。海边铺满了破碎的贝壳,散布着点点礁石。有两群海鸥落在浅海中的礁石上。海风轻轻吹来,带来一阵阵新鲜的空气。吸入鼻中,似乎有一种清香甜润的感觉。同行者都觉得难以找到合适的词汇来形容这种感觉。我静静地坐在海边的礁石上,慢慢地细细地品味着这里的空气,轻松地、

四、感恩一方水土

愉快地享受着海风温柔的抚摸。海水一会儿呈现出白色，一会儿又变成了蓝色。水波轻轻地拍着岸边的礁石，就像母亲轻轻地拍着怀中的婴儿。天气是这样的温暖，海风是这样的温柔，海水是这样的温和，海鸥是这样的温顺，空气是这样的温馨。一切都是这样地让人舒心，让人爽快，让人忘记俗世的种种忧愁和烦恼。我真想化作一块礁石，静静地躺在这里的海边。让海鸥轻轻地落在我的胸间，让游人舒适地靠在我的背上，让海风和海水永远温柔地陪伴着我。这一次，我是真的爱上了海。

（本文发表于《中国政法大学校刊》1996 年 9 月 10 日，同行者之一马怀德，现任中国政法大学校长）

五

感恩平民经历

东斋忆酒

平生喝过的酒不少,也见过很多人喝酒,但留下深刻记忆的很少。

童年时,常见彝族老亲爹万保成来我家喝酒。20世纪50年代初,万保成曾任硝硐村农会主席,村民一直称他万主席。他在民国时期读过小学,是我们村里第一代识字人,曾到罗平县政府、竹基区政府短期工作过。每当他来,我父亲就倒一大碗老烧酒,和一小碗炒玉米粒招待他。他们畅聊村里前辈的历史故事,酒干兴尽,即行告辞。那种畅快豁达的聚谈,让我知道了很多民间故事和风俗传说。我推测,我们弟兄的名字,都是他帮助取的,所以称他老亲爹。他曾送给我家一件羊毛披毡,成为我四哥到外地读书的衣被。我四哥参加工作后,还买桶装烧酒送给他。村里修井立碑,碑上刻有他的名字和贡献。我在1985年写彝族习惯法的开拓性论文,在1986年写民族法史的博士学位论文,应该有老亲爹万主席聊天的文化基因。我在2015年和2016年,招收两名云南来的彝族博士生,也有报答老亲爹恩情的因子。他早已故去,我没有机会买酒孝敬他老人家了!

1987年秋日,我和查海生(诗人海子)同学到中央党校看望戴学正同学,在党校餐厅晚餐。学正带来两瓶白酒,没等上菜,海子空腹喝了半瓶多。他说了很多压在心底的话,晚上不能入睡，一直说到深夜。我们没有听到他说初恋女友的半句差话。1988年夏日，我和妻子到昌平看望海子。席地而坐，喝了很多啤酒。听海子说，他在一次聚会上，趁酒兴痛斥了一些贬低诗歌的妄人。1989年春节后，海子到博士生宿舍来看我，说胃出血很厉害，要请假去治疗。我劝告他，不能再空腹喝酒了。诗酒年华，从此永别！

1994年冬日，《走向权利的时代》一书，在昌平统稿。周六大雪迷漫，几位学友从外地赶到昌平聚会。从上午喝酒一直喝到深夜。醉酒唱歌的，跳舞的，睡倒的，种种醉态，平生仅见。为了维护友谊，不再列举醉酒者姓名。同年冬日，在社科院法学所聚会，喝酒到高潮，一杯一口干。我平生唯一的一次，烂醉如泥，躺在满是尘灰的过道椅上。丁小宣、宋军二位开车送我回法大，到筒子楼下，我头脑清楚，说自己可以上楼。他们离开后，我用了很长时间，才爬到三层楼家里。后来，再没有这样喝过酒了。近年喝酒即过敏，已完全戒酒了。诗酒人生，永不再来！

五、感恩平民经历

东斋忆房

平生最受苦的不是读书考试,也不是晋职拼搏,而是住房奋斗。

童年时,父母亲,弟兄六人,大嫂二嫂及其孩子,十多人住在一间半二层农舍里,拥挤不堪!

1971年读附中时,参加修水库,近百师生住在一祠堂里。我住在靠厕所的墙旁,难以忍受!

1972年读高中时,数十人住一房间。三人住在上铺,半夜里我被挤掉下床,砸坏脸盆。1975年读师范时,十余人住一房,稍好点。

1977年在滇东五龙公社中学参加工作,住房已记入《求学简历》:这是一所距离县城一百多里的少数民族地区中学,刚由初中提升为高中。只有一名云南师范学院毕业的数学老师上过大学。校长安排我担任初一和高二的语文课教师。宿舍安排在离本校部一里外的一所孤零零的房子中。这所房子是下放干部的房子,一层各间都积了厚厚的灰土。久无人住,蛛网遍布。安排给我一层的一间,实在无法打扫居住。一位住二层的年轻老师下乡去了,把他的房间让给我暂住。他的房间是自己用木板搭的顶棚,用报纸裱的四周。缝隙很多,蚊虫不少。学校的小水电站供电不足,常要自备油灯看书。白天教书,晚上刻苦自学,准备参加高考。这所学校正在新建之中,劳动很多。师生到数十里外的深山中,扛木料多次。

1979年考上北大,校园比我预想的美,宿舍比我预想的差。头几个月是三十多个男生住一大房间,后来是七个男生住一个宿舍。我不愿到教室或图书馆抢占座位上自习,常在宿舍看书,很憋闷。尤其是不喜欢枯燥的法学课程。当时不能转系学习,只能勉强去上课。大一时患了严重的湿疹,身体奇痒,休息不好,上课精神分散。关键的一年外语课,没有学好,勉强及格过关。连担任课代表的语法课和逻辑课也未获得优秀。北大本科四年,学习成绩优少良多,生活经历乐少苦多。

2021年2月15日于京华东斋

1983年到法大读硕士,三年住北房,没有阳光。1986年读博士,三年住南房,享受到阳光。1989年博士毕业留校工作,找房管科长安排住房。科长说要有校长批示才能安排。找校长批条:请房管科酌情解决。科长见条即说:老校没有住房,安排到昌平新校住。同学告诉我,老校教师公寓筒子楼还有空房,再去找。多次找后,科长安排暂住本科生公寓7号楼150室。该室门对六层楼的楼梯口,学生上下楼梯的脚步声不绝于耳。窗对教学楼的北门出口,学生进出楼的身影不断出现。学生宿舍区,不能做饭,晚上定时熄灯。同学告诉我,校长电话通知房管科才会安排住教师公寓。你拿到的批条是"酌情解决",很难安排到的。

1991年经多次求告努力,科长安排住教师公寓2号筒子楼325室。该室是北房,终年没有阳光,住了将近八年。更难的是遇到了恶邻，走路横冲直撞，看人横眉竖目，真正体会了惹不起还躲不起的尴尬处境。人们一般都会怀念旧居，离开这处居室后，我虽一直住在法大的袖珍校园里，但再没有上过此楼。

困难的住房会激发孩子奋斗。三哥四哥五哥和我向外打拼，挣到了各自的工作岗位和住房。二哥的儿子经商，在昆明购置了较好的住房，在老家另建了新宅。老宅留给了大哥的儿子。

在北大拥挤的同舍里，遇到了平生最重要的几位学友，让我终身受益。在法大狭窄的筒子楼遇到了恶邻，也遇到了芳邻。与筒子楼的贺君同楼四年，自称筒子楼大学学友，也受益终生。

1995年，筒子楼芳邻贺君为改善住房离开法大。1996年，我联系中国青年政治学院担任领导的本科学长准备调离法大。法大领导也决定改善留校博士的住房困难。经反复的曲折的不值言传的努力，1997年夏，我住进了法大教师公寓1号楼1门402室。两间居室窗户都是南向，终年享有阳光。学校给了房产证。我平生第一次给自己的住房命名：暖舍。在此室住了七年。晋升教授、聘为博导，申请到司法部项目《中国立法史研究》，写出《中国法律思想简史》，担任《中国法制通史》明卷副主编，写出"明朝立法"的三万余字，作为法制通史明卷的第一章，也是立法史项目内容。这些都在"暖舍"完成。不仅这些，在"暖舍"居住的七年里，我指导了硕士生陈志红、陈新宇、韩冰、赵连峰的学位论文，招收了第一届第二届博士生李凤鸣、韩冰、胡谦。听我讲课的硕士生石燔、刘冰雪后来也考了我的博士生。以上几位学生就是帮助我建立法史学术家园的早期学生了。

2004年,从"暖舍"搬到法大新建教师公寓"东斋",写了《东斋修成记》,收入《中国古代法律体系新论》附录,2012年由高等教育出版社出版。后来关于中国传统法律体系与法律变通的研究,奠基于"暖舍"时期申请和结项的《中国立法史研究》,发展于《中国古代法律体系新论》,深化于2017年出版的《清代法律体系辨析》。

东斋忆房又写成了东斋忆学,常言"三句话不离本行",此之谓也。

2021年2月16日正月初五春节吉日于京华东斋

1982年9至11月,在河北省第二监狱实习期间,十多个男生住在一间平房里。监狱领导临时收拾一间放杂物的平房给我们住,尘土味很重。没有床铺,搭地铺睡。

申请到监狱实习的同学,多数准备考研究生,想找个有时间看书的地方。我是不喜欢到公检法单位工作,就报名到这个组里。我借了一些监狱图书馆的历史书看,准备毕业后到云南大学任教。云大法律系非常缺老师,答应给较好的工作条件。助学金不够实习用,我写信告诉四哥五哥。他们工资都很低,但很快寄到一百元。我非常高兴,带三位同学到石家庄很好的一家饭店美餐一顿。实习前夕,我父亲病故。家里为了不影响我参加实习能正常毕业,没有告诉我。留下终生遗憾!

中秋节时,收到北大同乡杨君寄的《中国法制史》统编教材。我很激动,立即准备考研。后因外语不及格,没有考上北大,转到了北京政法学院(现中国政法大学)。没有达到同

五、感恩平民经历

乡寄书的期望！留下了《致同乡信》，已收入《口述法史》，即将出版。

监狱的陈中队长非常严格，常组织学习或下牢房参加车间活动。有高明的同学建议给监狱领导写先进事迹报告，少参加活动。陈中队长很高兴，提供了丰富的材料。总结报告时，监狱领导称赞我们各有高招，给了实习好评。

实习期间，组织参观西柏坡、大佛寺。我写了一首小诗给同学：

未名湖畔未深知，大佛寺中见诚心。
士各有志自珍重，历尽磨难好做人。

2021年2月18日深夜于京华东斋

1983年毕业之际，到我们班女生宿舍留言。遇到1978级中文系张曼菱应邀给同学留言。同学向张君介绍：刘广安是云南人。张君爽快留言："我们是聂耳的老乡，是护国军的后裔，中华今日的现代文明应从我们手中诞生。与广安同乡共勉。"我素来不善与名人交往，此后未再见过张曼菱。但这个豪爽的留言，颇有纪念意义，已收入《求学简历》，附录于《清代法律体系辨析》，2017年出版了。

我给同学的留言，记得有：生活能够磨炼性格，阅历能够开拓心胸。生命的价值在于经历了多少种有意义的生活。还有两首小诗：

未名湖畔人工秀，妙峰山上自然馨。

待到皓首忆当年，定将倍觉同学亲。
南国飞鸿北国雁，书山学海共未名。
同窗四年犹觉少，当称人品胜书评。

两首小诗已收入《东斋诗文》，附录于《中国法律传统的再认识》，2018年出版了。

2021年2月18日晨于京华东斋

本科同学刘钢是我的婚姻介绍人。为了感谢刘钢，1984年我们去帮刘钢刷新房。新房是两居室，是长辈让给结婚用的。用石灰粉刷各间。刷墙中，刘钢庄重地说："广安，我们都是男子汉！"当时没问他有何深意。

过后我想：刘钢是嘱咐我要勇于扛起家庭的重担。更重要的是警告我要做到一诺千金，不能变心而辜负了介绍人的好心。当时给我介绍婚姻的有几位老师，也有几位同学。老乡张晓辉说："你今年交了桃花运！"曾寄书给我帮助考研的老乡杨君也来看我，但我自觉没有考上北大研究生，受到冷遇后，已寄发了绝情的信。还寄了一首小词：未名湖汁哺，燕园春秋度，书山学海觅知音，世味秋茶苦。南拜祭慈父，北敬寄慈母，手足情深长相思，痛断云南路。

话说回来，我没有辜负刘钢的介绍。1986年我考上博士后，从助学金中省出150元，在交道口康乐餐厅举办了简单的婚宴。刘钢夫妇参加了，送我们一对暖瓶、一座台灯。刘钢妻子和我妻子是大学同桌好友，退休后，两人结伴游览了很多世界美景。

五、感恩平民经历

刘钢成为富豪后，我们极少再见。从书店里买了他收藏古地图的著作。从记者报道得知，他现在是著名的油画收藏家。在同学袁钢（明星宋丹丹自传中有专门记述）的追悼会上，遇到刘钢，友好地点头致意。

刘钢给我毕业纪念册的留言："得大自在。"这是香山卧佛寺大佛背后的话，也是佛家修行的最高境界。本科同学刘钢对我是寄予厚望的！我难于达到修行的最高境界，但我决不妄自菲薄，虚度此生！

2021年2月18日于京华东斋

1983年10月，经本科同学刘钢介绍，我认识了现在的老伴。她家住在府学胡同53号，这是一个很多人家居住的大院。她家住在前院正房。父母是1956年毕业于北京师范大学美术系和心理系的高才生，1957年受冲击，影响了一生的事业！

老人家拿出《出师表》的书法作品给我欣赏，我看出中间少了一字。老人家看到我有一定的古文修养很高兴，但非常惋惜我学了法律！我后来欣赏书法、美术、舞蹈等艺术的兴趣和知识，多得于这个家庭的熏陶。我能战胜在北京遇到的种种困难，也多得于这个家庭的支持。

1986年5月，为准备考博士，我在这个老宅住了一个月。有时听到胡同里传来声音："收——旧——衣服，旧——鞋。"拉得很长的音调，久久回响于耳畔。我想：这就是古老的北京！这就是民间的北京！

2021年2月19日于京华东斋

东斋忆学

在我小时候,硝硐村分为上下两寨。上寨有五户人家,三家住瓦房,两家住草房。硝硐小学位于硝硐村的下寨。从上寨到下寨有两条路,左边一条称大路,五六尺宽,可走牛车。晴天多尘,雨天多泥。上寨到下寨的土路旁有一奇形怪状的石头,常有村民在石头缝隙中烧香拜神。每次路过此石,既感神秘,又有些恐惧。穿过下寨,才到小学。因害怕奇形怪状的巨石,又害怕下寨的恶狗,我不敢走此路到小学。右边一条是小路,约一尺宽,路旁野草覆盖。清早露水挂满野草,走过裤子都湿了。路中段有坟地,也因害怕不敢走此路。

上下寨之间,有些高低不平的麦田,中间有一洼地,积水可供村民饮用。穿过麦田,走过洼地,转弯也能到小学。田地里本没有路,我们走多了,也出现一条小路。

硝硐小学位于下寨的两间约四十平方米的木房之中。1961年的一天,我跟五哥到了小学,坐在一旁看学生上课。孙绍武老师看我像爱读书的样子,就夸了几句。第二天一大早,我就去敲学校的门。孙老师开门,吃了一惊,允许我入学上课。我在硝硐小学的四年学习中,喜欢背诵语文课。《夏天过去了》这篇三年级时学的课文,种下了自然美景在我心中觉醒的萌芽。"夏天过去了,可是我还十分想念。那一个个可爱的早晨和黄昏,就像一幅幅图画出现在我的眼前。清早起来,打开窗口一看,多谢夜里一场大雨,把天地洗得这么新鲜。夏天过去了,可是我还十分想念。"孙老师根据春夏秋冬季节变化出的作文题,是对我写作最好的训练,也是对我心灵最好的陶冶。在师宗县城读中学的四哥,买回来的《三国演义》连环画小人书,培养了我从小喜欢历史书的兴趣。看过连环画故事书,就去讲给乡亲们听,是我小学时代最快乐的最得意的最有成就感的经历。

从硝硐小学到大舍小学,有五六里路。途经一条小横山,一条大横山。小横山旁有坟地,大横山有树林,童年时不敢独自走这条路,要到下寨约上几个同学走这条路。同学们清早吃饭,中午在校不用餐,下午回家用晚餐。每天两餐,是当地的习惯。胆量小,不敢独自走,等同学,很不容易!经常是离家出发很早,到校上课已迟。

穿过大横山,路旁有一奇石,形状像狮子,村民称作狮子石,常有人烧香祭拜,留下香灰堆在石前。破四旧时,我们路过此石,就用土块、石块砸狮子石。一个同学砸后,心有余悸,患病故去了。另一同学,生了黄水疮,也吓坏了,去烧香烧纸祭拜。

往事不尽如歌,回忆颇多苦涩!感恩天佑斯文,幸运走到如今。

1971年4月至6月,竹基区的四所公社附中的一百多师生,参加修东风水库,集中住在窦家祠堂里。祠堂破败了,门前石狮子被砸破了头。

祠堂窦氏家族,在清道光年间出过进士窦序。窦序任御史期间,曾写岳阳楼长联和其他名联。窦氏亲戚师宗人何桂珍,在道咸年间曾任侍读学士。近年当地宣传旅游，称师宗为：帝师故里，楹联之乡。用词有点大，却也不是无据之词。

1971年至1973年，我在师宗一中高三班读书。遇到了我一生第二位重要的老师：陈宗山老师。陈老师1959年毕业于华东师范大学，自愿到云南工作。曾是我四哥的班主任，也教过我五哥的语文课。1961年步行60多里山路，到我家做过家访。在我童年时期就留下了深刻的印象。他给我学习日记的批语"贵在坚持、自觉"，成为我一生的座右铭。他给我的毕业赠言"有志者事竟成"，激励我一直努力。

师宗一中遇到的数理化老师，都非常优秀，让我这个从农村附中到县城一中的学生，进步很快。只是住宿条件太差（数十人住一大房间，三人一层床），饭菜质量太差（玉米面皮和酸菜汤）。我刚步入青年，就患了胃病，后来方治好。

1975年至1977年，我在曲靖师范学校中文班学习，遇到了很多优秀的老师。与后来在北大和法大遇到的老师相比，师范学校的老师似乎更注意教学法，不只是关注学术本身。曲靖师范学院建立后，当年的多位老师到师院任教了。

1977年至1979年，我在师宗二中（远离县城一百多里刚升级的中学）教语文课。报到的第一天，校长安排我住学校外的一所破旧房子一层的一间。一层多年未清扫，下放干部留下的灰土堆积很厚。面临绝境之际，意外地看到大舍小学同学刘忠友，从下乡工作队回校。刘同学让我住他在二层的房间。1978年冬，我在此校受到小人陷害，无法再住他的房间。就搬到他做后勤工作的房间（12平方米左右）合住。他在前窗卖饭票，我在后窗刻苦自学，准备高考。1979年7月，幸运

五、感恩平民经历

考上北大，离开此校。

1979年至1983年，我在北大法律系1979级二班学习。二班51个同学，17个是北京的。入校初期，外出郊游的照片，都是北京同学照的。我们宿舍七个同学，来自江苏、浙江、湖南、湖北、江西、云南、河南。"文革"后的新三届，多是知青出身，能再上大学不容易。数学、外语分低，语文、政治、历史、地理分高，也破格录取。1980年起，数学、外语未达60分，就不录取了。

本科四年，同学影响超过老师。

1983年至1989年，我在中国政法大学研究生院法律史专业学习。1989年8月留校工作，2022年4月退休。研究成果见本书第七部分简介。

东斋修成记

我从1979年到北京以来，至今已有25年时光。其间，住学生集体宿舍10年，教职工筒子楼8年，小两居公寓7年。今年2月，终于分到加买到一套139.5平方米的住房。此房即政法大学新塔楼1302号。

政法大学为解决教授住房困难，2000年修建新塔楼。三年建成，又经两年分配，今年2月20日终于发下房号，4月22日又发下住房钥匙。我以六年教授资历，再加85万余元房款，终于拿到1302房号和钥匙。

拿到此房后，我就积极了解装修住房的信息和知识。曾三到建材商城东方家园，两到百安居，数十次到蓝景丽家。还去过居然之家、万家灯火、熊猫环岛和好美家等建材商场。考察市场、选择建材和装修公司，反复比较后，借款30万元，于4月28日开工装修。5月30日装修工程队完工，6月10日组装家具完毕。用时40余天，花费12万元。其间，有两天我因劳累时间过长，而未进晚餐。3.7米长的装不进电梯的双层窗帘杆、两幅长宽装不进出租车的国画，是我亲自从大钟寺蓝景丽家建材商城扛到1302号的。我颇为得意地告诉我指导的博士生：你看到你的导师能亲自干这样的重体力劳动，应当感到幸运。你的导师曾在农村生活20年，成为能犁田耙地的主要劳动力两年。当农民的经历，是我半生中最宝贵的经历之一。

五、感恩平民经历

农民穷年累月，坚韧地在一块土地上劳作的精神，赋予了我钻研学问的耐心和韧劲，也赋予了我为改善住房而表现出的熬等争拼的能力。

我的几位好友和政法大学的相知老师们，都怀疑我装修住房的知识和能力。不料经过数月的修炼和拼搏，我竟在同楼一百多户装修家庭中，率先完工，通过验收。数位有眼光的人士看了我装修的1302号，都认为装修得简洁、明朗，有艺术亮点。

我亦颇为自得地认为：做任何事情，无论大小，只要你专心钻研，掌握了一手的材料和知识，就会树立起一定的信心。树立了一定的信心，你就会成为办事有主见、有决断，既能参考他人意见，又能形成自己的风格的既健全又独立的人士。我还体会到：劳动只有达到具有创意的境界，具有艺术享受的高度，才会从被动的、逼迫的、痛苦的感受中解放出来，达到自愿的、主动的、快乐的境界。

政法大学新塔楼1302号，位于该楼东面。窗外虽无名山胜水，但有名校名园相望。此房客厅、书房、主卧室和大小阳台的窗户，均面向东方，故取名为"东斋"。并作此东斋修成记。

甲申六月中旬记　2004年6月

六

感恩名文名著

《名文欣赏》前言

1967年夏,我在大舍小学淘汰的书堆里,找到何其芳写的普及读物《诗歌欣赏》。这本小书只有58 000字,人民文学出版社1962年第一版。伴随我多年,1979年9月,到北大读本科前,留在兄长家了。2000年7月29日,在北京西直门旧书市场淘得此书。

《诗歌欣赏》扉页有作者的话:"献给爱好诗歌并希望提高鉴赏力的同志们。"全书没有目录,由十二部分内容构成。每部分结束注有写作时间。一、1958年9月15日晨2时。二、10月20日夜稿,26日夜修改。三、11月5日晨3时。四、1958年11月6日晨1时稿,1961年12月16日略加修改。以上四个部分,欣赏民歌。一、二部分欣赏大跃进民歌,三、四部分欣赏藏族、彝族等民族的民歌。五、1959年1月22日晨3时。六、2月27日晨1时半。七、3月18日深夜。八、4月24日晨6时。以上四个部分,欣赏古典诗歌。选择欣赏了李白、杜甫、白居易、李贺、李商隐的代表作。九、5月24日晨3时半。十、6月25日夜。十一、1959年8月20日夜。十二、1961年12月20日。九、十、十一,欣赏现代诗歌。选择欣赏了郭沫若、闻一多等人的代表作。十二是全书结语。作者写道:"我试为说明了以上那些群众的和诗人的作品之后,我深感到说诗之难。我国各民族的群众诗歌是一个海洋。我国古代的诗人的诗歌又是一个海洋。'五四'以来的新诗由于时间还不长,大概只能算一个湖泊吧,然而也是一个幅员并不太小的湖泊。我挂一漏万地挑选了一些作品来作为例子,它们是否有足够的代表性呢?我们的航行只能停止于此了。还有一个十分辽阔并且充满了奇异的景物的海洋,那就是外国诗歌的海洋。我是曾经打算进入这个领域的。但我知难而退了。诗歌,这种高度精巧的由语言来构成它的美妙之处的艺术,我们怎么可以只从译文来欣赏它,来谈论它呢?我们又哪里能找到我们所需要的那些既忠实地表达了原来的内容,又巧妙地保持了原来的语言之美形式之美的译文呢?而且,我对外国的诗人和诗歌的知识是如此贫乏。这个海洋只有留给爱好诗歌的同志们自己去航行了。"

2004年7月,复旦大学出版社再版这本《诗歌欣赏》,列入"经典新读 文学课堂"之中。2019年,我在《求学简历》中写道:"1967年夏,在大舍小学淘汰的书里得到何其芳著《诗歌欣赏》。书中欣赏李白《蜀道难》、白居易《长恨歌》《琵琶行》的内容,影响了我一生欣赏古典诗歌的倾向。成年后,我才理解李白写蜀道、世道艰险的意境。2010年写《三致猫儿》七言长诗,比《琵琶行》多十余行,也源于此书影响。"

退休之后,写此《名文欣赏》,是完成多年喜爱美文的心愿,也是向多年受益的何其芳先生的《诗歌欣赏》致敬!

本书所选十篇名文,包含散文、骈文二体语言特点。散文语言特点:简洁流畅,用词平易,音调自然。骈文语言特点:对仗工整,用词典雅,音调和谐。1981年上海古籍出版社出版的《历代名篇选读》，选入《论语·侍坐章》，称其"语言质朴精炼"。这种语言风格对我影响很深，郑重选为本书第一篇。1988年上海古籍出版社出版的《红楼梦鉴赏辞典》，称道："《芙蓉女儿诔》是《红楼梦》全部诗词歌赋中篇幅最长的一篇，也是作者发挥文学才能最充分的一篇。"名人、名著、名文，集中体现在此篇，所以特别选入本书，详细译解、赏析、评论。叶朗先生选编的《文章选读》，称道张岱的《西湖七月半》"文字简洁、生动、传神"，"描绘了五种不同阶层的人的享乐方式和审美情趣，是当时西湖民俗风情的一幅极好的图画"。[1]叶先生认为："在今人所写的纪念碑碑文中，冯友兰先生这篇西南联大纪念碑碑文写得最有历史感，金声玉振，大气磅礴，是最精彩的一篇。诚如冯先生自己三十年后所说，'以今观之，此文有见识，有感情，有气势，有辞藻，有音节，寓六朝之俪句于唐宋之古文'，'承百代之流，而会乎当今之变，有蕴于中，故情文相生，不能自已。今日重读，感慨系之矣'。"[2]所以，专门选此二文进入《名文欣赏》。

《名文欣赏》，其他六篇的选择，都有简要说明，精详赏析。敬请喜爱美文者，共同欣赏！

2022年7月20日于京华东斋

---

[1] 叶朗选编：《文章选读》，华文出版社2012年版，第204页。
[2] 叶朗选编：《文章选读》，华文出版社2012年版，第312页。

《论语重读》前言

《论语》流传两千多年,对中国文化发展的影响,对华人社会生活的影响超过其他汉语典籍。正如思想家李泽厚所言:"《论语》这本书所宣讲、所传布、所论证的那些'道理''规则'、主张、思想,已代代相传,长久地渗透在中国两千年来的政教体制、社会习俗、心理习惯和人们的行为、思想、言语、活动中了。"[1]史学家钱穆认为:"《论语》应该是一部中国人人必读的书。不仅中国,将来此书,应成为一部世界人类的人人必读书。"[2]日本著名作家井上靖认为:"孔子是乱世造就的古代(公元前)学者、思想家、教育家。以研究《论语》著称的美国克里尔教授与我国和迁哲郎博士把孔子称为'人类'的导师,这是最恰当不过的评价。孔子的确是永恒的人类的导师。孔子思想至今没有过时。正因为没有过时,在二十世纪末的今天,日本的书店依然摆着许许多多研究《论语》的书籍。"[3]上引三位著名学者的看法,从不同视角说明,《论语》值得世人阅读。

《论语》粗看不难,细看不易。钱穆说:"《论语》中任何一字一句,自古迄今,均有甚多异义、异说、异解。在此许多

---

[1] 李泽厚:《论语今读》,生活·读书·新知三联书店2008版,第2页。
[2] 钱穆:《孔子与论语》,九州出版社2011年版,第43页。
[3] [日]井上靖:《孔子》,郑民钦译,人民日报出版社1990年版,第3页。

异解中,我们不当批评其孰是孰非、孰好孰不好,而只当看其孰者与《论语》原文本义相合。"〔1〕蔡尚思说:"《论语》一书在中国古籍中最为杂乱,连我读《论语》至今已八十多年,也苦于无法完全知道哪几句话哪几段话是在哪一篇中。"〔2〕杨伯峻说:"《论语》的词句,几乎每一章节都有两三种以至十多种不同的讲解。"〔3〕王元化说:"孔子说了很多,绝不仅仅是《论语》这些话,只是为什么记下这些,他里面到底有什么含义,具体何所指,针对什么问题,对象又是哪些,这个就很难了,你就很难分析,这是一点。再一个我主张你不要用自己理解的方式来解释,这种方式,很容易加进自己的意见。"〔4〕不仅《论语》文本不易解读,而且众多的《论语》读本,也不易选择取舍。法史学家程树德的《论语集释》是《论语》文献集大成的里程碑,得到很多学者肯定,也受到《论语》解读名家的批评。钱穆说:"民国以来,闽县程树德为《论语集释》,征引书目,凡十类四百八十种,异说纷呈,使读者如入大海,汗漫不知所归趋。搜罗广而别择未精,转为其失。"〔5〕在我看来,如果只征引正统书目,选收作者认定的精品,放弃"异说纷陈"书目,搜罗不广,就不是集大成的巨著了,就不能帮助后人全面了解《论语》文献了。所以,《论语》名家批评的话,也不可全信。

我见到的各种《论语》读本,多按《论语》传承文本的

---

〔1〕 钱穆:《孔子与论语》,九州出版社2011年版,第107页。
〔2〕 蔡尚思、吴瑞武:《论语导读》,巴蜀书社1996年版,自序。
〔3〕 杨伯峻译注:《论语译注》,中华书局1980年版,例言。
〔4〕 吴琦幸:《王元化晚年谈话录》,上海人民出版社2013年版,第78页。
〔5〕 钱穆:《论语新解》,生活·读书·新知三联书店2002年版,第1页。

篇章顺序解读。这样，一个重要概念分散在多个篇章，很难集中认识。例如，"仁"的概念分散在一百多处，很难集中认识。有几种按专题分列的读本，列举概念很多，但对重要概念的系统分析、深入分析不够。有的读本认定一个核心概念，根据自己的理解评议很多，但对多个重要概念没有作出系统全面集中的文本解读。《论语》中的思想观念很多，分散解读，很难认识、把握孔门思想的整体。

《论语》早期文本由谁编定？文本中的各个篇章之间有何内在联系？学界争论颇多，都缺乏充分的证据可以落实。《论语》各个篇章的内容编排看似零散，但包含了孔门思想的整体，其中存在一定的思想体系。孔子的德治思想就是贯穿其中的思想体系，集中体现在仁、孝、德、礼、君子等道德概念的讨论中。这些重要概念具体反映了孔子教书育人和治国理政的思想，即《论语》中所谈的"为人""为政"的思想，也是后人引申的"内圣""外王"的思想。认识了这些重要概念，就能掌握《论语》的主要内容和主要思想。

本书前五章，选择仁、孝、德、礼、君子五个重要概念，进行系统全面集中的文本今译和解读。仁的理想道德内容多，孝的现实道德内容多，德体现了理想道德与现实道德的结合，礼体现了理想道德与现实道德的践行，君子具有一种或多种优良道德品质，是实践德治思想的担当者、引领者。这五个概念及其相互关系在《论语》中的重要性，是本书集中今译和解读的基本缘由。据杨伯峻《论语词典》，上述五个概念在《论语》中出现的次数是：仁 109 次；孝 19 次；德 38 次；礼 75 次；君子 107 次。本书解读五个概念的次数稍多，延伸及紧密联系的相关概念。在原文和今译的文本认识的基础之上，在修身、齐家、治国、平天下的理论基础之上，从个人、家庭、社会、从政、治国几个方面作出系统、全面、深入的解读，突出孔子德治思想所包含的现实道德和理想道德原则的解读。本书后两章的补充解读，从多个方面丰富了对《论语》的内容和思想的综合认识和全面认识。《论语》的文字解读，历代积累，几达穷尽，末流落入训诂学家黄侃所讥："凡轻改古籍者，非愚则妄。"〔1〕《论语》的思想解读，历代翻新。多用《论语》旧瓶装本朝新酒。汉代用谶纬之学解读，魏晋隋唐用玄学佛学解读，宋元明清用理学心学解读，晚清以来用各种西学解读，新见很多，离《论语》文本却很远。

《论语重读》的思想解读，立足于孔子的德治思想体系，慎重选择经过现代学者辨析的概念解读。立足于《论语》文本自身，慎重联系经过现代学者考证的儒学原典解读。希望成为在《论语》思想解读方面有特点的《论语》文本的普及读本，属于《论语》传播学方面的读本。虽含有个别文句的辨析考证，但不是《论语》考证学的著作。退休后，为多年受益的《论语》做点有新的思路、新的意义的普及工作。尽量注意考证学者的有关著作，选择利用其成果，增强普及读本的说服力，树立《论语》普及读本的一个新路标。本书与多种《论语》读本相较，主要特点有三：一是根据孔子的德治思想今译和解读《论语》；二是选择五个重大概念集中今译和解读，突出现实道德与理想道德关系的解读；三是兼顾"为人"

---

〔1〕 黄侃校点：《黄侃手批白文十三经》，上海古籍出版社1983年版，第1页。

（立身处世）与"为政"（治国安民）两方面的解读。可以说，《论语重读》是《论语》文本的具有新的思路的普及读本。不是商榷读本，只有很少内容的商榷；也不是解构读本，虽集中译解重大概念，但尊重《论语》原文的历史性、权威性。商榷专文，将另写《论语新说》，待时结集交流。

本书紧扣《论语》文本解读，适当联系诸经相关内容解读。文字今译参考前贤多家成果，选择取舍，断以己意，力求译文明确简练，对应《论语》原文的质朴精炼。为求文意贯通，慎重加字或减字。古文今译，是古典知识当代化的重要通道，也是《论语》知识当代化的重要通道。本书的思想解读，参考引证李泽厚先生的《论语今读》较多。李先生对《论语》中许多概念的"哲学性阐释"，超越其他《论语》读本。对"孝""礼"等重要概念的分析，对"社会性公德"和"宗教性私德"概念的应用，都为本书所选择引证，帮助解读《论语》文本。本书的解读，突出了法学视角和史学视角解读的思考心得。

《论语》今译，出书很多，没有让人十分满意的。按专题解读的已有多种，也没有让人十分满意的。《论语重读》也难做到让人十分满意。文字译解做到"信"了，思想含意又未"达"。文字、思想做到"信、达"了，修辞又未做到"雅"。文言佳句的"雅"，是白话译解很难做到的。而且今译、解读，是与时俱进、常读常新的学术课题，也是生生不息的人生课题。本书今译尽力做到简明精要，解读紧扣原文，不多引申，直接目的是更系统更准确地认识《论语》文本的整体内容和思想。重读虽然尊重传世《论语》文本的整体性，但不认同某些学者的观点，认为《论语》的所有篇章和顺序，都是存在严格的不可更动的逻辑关系的,只认为《论语》包含的思想是可以整体认识解读的。这就是本书的《论语》整体认识观。有必要再说明的是,认识《论语》文本的整体思想,最终目的是更系统更全面更准确地认识孔子及其弟子传承和发展的博大精深的"为人"(修身养性)"为政"(治国安民)的整体思想,为改良人性、改良社会、改良政治、改良世界,提供具有传统营养又具有新的补益的精神产品。

2022 年 1 月 12 日初稿　5 月 20 日修订

再说《诗歌欣赏》

我很少参加社会活动,朋友很少,没有淘书的乐趣,在北京的业余生活,我不知会怎样度过,不知怎样克服心灵上的孤独和忧郁,不知怎样寻找童年时在滇东高原的山林中发现蘑菇的惊喜和快乐。

2000年7月29日,在西直门旧书市场发现何其芳著《诗歌欣赏》,人民文学出版社1962年出版,1978年第5次印刷。原价0.25元,淘书时价2元。淘到此书时的心情可见当日记录:"三十三年前,余念小学五年级时,语文精美课文多删去不讲,无意中得到此书,细读之后,喜欢上了诗。今日在西直门旧书店发现此书,甚喜!甚幸!"

后来,又在法大东门对面小月河畔的旧书摊上淘到同样版本的此书,送给了一位博士生。2014年9月2日,在北师大东门野草书店又见此书,标价30元。2004年7月,复旦大学出版社"经典新读"第一辑,再版了此书,与俞平伯《红楼梦研究》和朱自清《经典常谈》同列。童年时无意中遇到的书,在37年之后列入经典著作行列,这是作者的幸运,也是我这个小读者的幸运!此书第一部分欣赏民歌,第二部分欣赏古典诗歌,第三部分欣赏现代诗歌。我对这三类诗歌的了解和爱好,就是此书奠定的基础。李白的《蜀道难》,白居易的《长恨歌》和《琵琶行》,到现在还能背诵,就是读此书练就的童子功。2015年4月15日晚,在与贺卫方老师和张赋宇老乡聚餐中,我背诵了《蜀道难》、并写诗为记:"昨天晚餐小聚会,卫方带来降价书。常言礼轻人意重,卅年相识胜当初。赋宇朗诵泰戈尔,东斋赠送四小著。酒后背忆《蜀道难》,走过险路走平路。"

《诗歌欣赏》中的评论,童年时注意了多少,已无记录可查。2000年7月29日下午,有重读此书的旁批和标识。在第111页用红线标识了一段评论:"理论总是从具体的事实概括出来的。没有可靠的事实基础,或者仅仅是从前人的理论演绎出来的理论,都是一些可疑的理论。然而,如果根据的事实并不充分,并不全面,或者缺乏足够的洞察能力和概括能力,也仍然是不能从事实引出正确的结论的。"2014年3月20日上午,给法大博士生上法史学方法课时,引用了这段评论,说明文史哲政经法的研究方法有相通的地方。2012年12月17日深夜,重读此书,在第115页增加了新的红线标识:"我们的头脑不可以只是让别人的思想跑马,一切见解都应该通过我们自己的思考,而且对于作品必须有自己的心得和体会,自己的真知灼见。"

2004年8月22日,购此书"经典新读"版本后,把新旧版本对照读过。在新版本上作了很多红线标识:"《蜀道难》的主要的客观意义就是描画了雄壮奇异的自然美,并从而创造了庄严瑰丽的艺术美。这样的自然美和艺术美都是可以丰富我们的精神生活的,都是可以引起我们对于祖国的河山和祖国的文学艺术的热爱的。这就是《蜀道难》的主要的思想意义所在。"李白"不大遵守五言律诗的规律,有些该讲对偶的地方他却不讲。然而不管是对偶的句子也好,不是对偶的句子也好,都是那么自然,就和行云流水一样"。白居易《琵琶行》的开头"写的情节这样细致,这样秩序井然,而又这样从容,这样毫不费力,这样文字经济。这是艺术上很成熟的表现"。李商隐的"七言律诗很讲求对句工整,但在工整之中却又表现出来了生活、想象和感情,而且是真挚动人的感情,因此并不显得过分纤巧或呆板。他的这些抒情诗的风格是词句美丽而又意味深远。这是一些经得住反复吟诵的精心结构之作"。

《诗歌欣赏》第一部分对藏族、蒙古族、彝族民歌的评论,也培养了我对民歌的终生喜爱。成年后看过一些诗论著作,书名四个字的就有朱自清的《诗言志辨》、施蛰存的《唐诗百话》、吴经熊的《唐诗四季》、林庚的《唐诗综论》、周汝昌的《诗词赏会》等,但都没有超过对何其芳的《诗歌欣赏》的长期喜爱。《诗歌欣赏》对我来说,既是童年时期的启蒙老师,又是青年时期的随身伴侣,也是中年时期的诚挚朋友。一本书成了一生的患难之交和幸福之交,淘书的意义就变成了生命的意义。

六、感恩名文名著

陈寅恪手写本:《唐代政治史略稿》

有关陈寅恪先生的书籍,先后购存有十余种。购时没有今后写淘书记的想法,有的记了购书日期,有的没记。有两种不仅记了日期,还记了购书地点。一种是《纪念陈寅恪教授国际学术讨论会文集》,中山大学出版社 1989 年版,仅印了 500 册。书前记有购书时间、地点和天气:"今日北风凛冽,下午至高教书店购得此书。1990 年 11 月 30 日。"该书中有季羡林先生的文章《从学习笔记本看陈寅恪先生的治学范围和途径》。季老在文中说明:"最近先生的家属和中山大学历史系的同志们把清理先生遗物时发现的他留学德国期间的学习笔记本送到我手中,共有 64 本之多。"季老把这些笔记本分为 21 类分别说明。其中,藏文 13 本、蒙文 6 本、突厥回鹘文 14 本、土火罗文 1 本、西夏文 2 本、满文 1 本、朝鲜文 1 本、佉卢文 2 本、梵文和巴利文 10 本、印地文 2 本、俄文和伊朗文 1 本、希伯来文 1 本、东土耳其文 1 本。还有数学、佛经方面的笔记本。季老认为:英文、德文、法文、俄文等,是陈先生的工具语言,上述笔记本所列是研究对象语言。"陈先生对于这些语言都下过深浅不同的工夫。""先生致力最勤的是中亚、新疆一带历史、语言和文化的研究,藏文研究和蒙文研究。"这些笔记本现存何处?是否有学者再研究过?淘书者无力欣赏,只能赞叹!并关注这些笔记本的生命!

第二种是陈寅恪先生的手写本《唐代政治史略稿》。写于1941年的香港，寄到上海出版，因故下落不明。陈氏门人蒋天枢先生在1979年撰写的《陈寅恪先生编年事辑》中有简要记述："先生抄改后之清写手稿，本名《唐代政治史略稿》。写成后寄上海。近收稿人始交出版社将原稿一册退还。是为先生居港时最完整之墨笔直行手稿。希望将来有人能予以影印。"1988年，上海古籍出版社影印该手写本。蒋天枢先生为影印本写了《唐代政治史略稿手写本序》。在序中特别指出：1943年由内迁重庆的商务印书馆出版的陈先生的《唐代政治史述论稿》，其序与原清写稿序文文字多有出入，盖在渝付印前重忆旧序更为之。并回忆：本书在重庆出版时，"师语枢云：'此书之出版，系经邵循正用不完整之最初草稿拼凑成书，交商务出版。原在香港手写清稿，则寄沪遗失矣。'后保存此稿之王君将此稿交上海古籍出版社，由魏同贤同志转交给我保存。忆其时似先生文集已在出版，清稿之归还先生不及见矣"。陈寅恪先生辞世于1969年，未能见到此手写本由上海古籍出版社影印出版。蒋天枢先生在1986年为此手写本写序之后，于1988年辞世，也未及见到此影印本。

1994年4月29日，余在琉璃厂中国书店以5元之价淘得此手写本。近日与三联出版社2001年出版《陈寅恪集》收入的《唐代政治史述论稿》初步核对，后者根据初稿本排印，与手写本文字有不少出入。不知史界是否有人对此作过详细对照考证？

四篇名文赏析

一、兰亭集序（东晋：王羲之）

原文：

永和九年，岁在癸丑，暮春之初，会于会稽山阴之兰亭，修禊事也。群贤毕至，少长咸集。此地有崇山峻岭，茂林修竹，又有清流激湍，映带左右，引以为流觞曲水，列坐其次。虽无丝竹管弦之盛，一觞一咏，亦足以畅叙幽情。

是日也，天朗气清，惠风和畅，仰观宇宙之大，俯察品类之盛，所以游目骋怀，足于极视听之娱，信可乐也。

夫人之相与，俯仰一世，或取诸怀抱，悟言一室之内，或因寄所托，放浪形骸之外。虽趣舍万殊，静躁不同，当其欣于所遇，暂得于己，快然自足，不知老之将至。及其所之既倦，情随事迁，感慨系之矣。向之所欣，俯仰之间，已为陈迹，犹不能不以之兴怀，况修短随化，终期于尽。古人云："死生亦大矣。"岂不痛哉！

每览昔人兴感之由，若合一契，未尝不临文嗟悼，不能喻之于怀。固知一死生为虚诞，齐彭殇为妄作。后之视今，亦犹今之视昔，悲夫！故列叙时人，录其所述。虽世殊事异，所以兴怀，其致一也。后之览者，亦将有感于斯文。

译文：

永和九年，是癸丑年，暮春初期，在会稽山阴的兰亭，为修禊事聚会。众多英贤都到了，年少的年长的都集齐了。

此地有崇山峻岭，茂密的树林，高大的竹丛，又有清澈流水，湍急流过，映照周围风景。引清流作为漂流酒杯的曲水，来宾依次坐在水边。虽然没有丝竹管弦演奏的盛况，但饮一杯酒，咏一首诗，也足够畅叙深厚的情怀。

这一天，天气晴朗，空气清新，风和日暖，心情舒畅。仰观宇宙的广大，俯瞰万物的繁盛，借此放眼观览，舒展胸怀，足以尽享视听的欢娱，实在快乐啊。

人们相互交往，低首抬头就过一世。有的找到同好，在室内倾心深谈。有的寻求寄托，到户外纵情畅游。虽然取舍追求差别很多，好静好动性格不同，但当他们遇到欣喜之事，暂时得意，也同样快乐满足，竟然不知衰老将要到来。等到对所到地方感到厌倦，欣喜之情随着事情迁转，感慨就会随之而来。向来所追求的欣喜，低头昂首之间，已经变为陈迹，还不能不因此生发感慨，何况生命的长短随着时间的变化，终归走到尽头。古人说："死生是大事。"怎能不悲痛呢！

每当看到前人生发感慨的缘由，和今人生发的感慨如同符契相合，未尝不面对前人之文叹息悲伤，不能宽舒胸怀。固然知道死和生一样的看法是虚假荒诞的认识，长寿和短命是同等的看法是狂妄无知的观点。后人看今人，也同今人看古人，可悲啊！因此，依次列出今天聚会的人，记录他们的诗文。虽然世代不同事情不同，但感发的情怀，是一致的。后人看到今天的聚会记录，也将感慨于这些诗文。

赏析：

开篇两句，写时间、地点、聚会事由及参加人员。用一个简洁散句和一个概括骈句说明。

第二小节,写聚会的环境、游乐的方式。用两个骈句描述环境,两个散句说明游乐的方式。

第三小节,写聚会的天气、游乐的目的。用一个短小散句引出,用两个开放骈句描述,以一个周延散句小结。

第四小节,写聚会产生的交游感想:对友朋交往珍惜时光、寻找知音追求同道的向往;对人生欢快的忘情;对情怀变化的感慨;对死生问题的无奈。骈句为主,兼含散句,骈散自然结合,确如前人评论:"文情高旷,辞采清亮。"

第五小节,联想前人聚会的感怀,对生命认识的反思,对本次聚会感动后人的希望。"'苍凉感叹之中,有无穷逸趣',最能表达晋人超然玄远、旷达风流的胸襟。"[1]古今雅人志士,情怀相通,感慨相近。因此,本文表达的情怀,具有跨越时空的感染力和生命力。本文运用的语言,清新隽永,又典雅自然,骈散结合,表情达意,韵味深长。千秋之后,细读静思,倍感神伤!书法圣手,也是文章高手。非凡之人,写就非凡之文;非凡之文,成就非凡之人。此之谓也!

二、岳阳楼记(宋:范仲淹)

原文:

庆历四年春,滕子京谪守巴陵郡。越明年,政通人和,百废具兴。乃重修岳阳楼,增其旧制,刻唐贤、今人诗赋于其上。属予作文以记之。

---

[1] 叶朗选编:《文章选读》,华文出版社2012年版,第3页。

予观夫巴陵胜状，在洞庭一湖。衔远山，吞长江，浩浩汤汤，横无际涯；朝晖夕阴，气象万千。此则岳阳楼之大观也，前人之述备矣。然则北通巫峡，南极潇湘，迁客骚人，多会于此，览物之情，得无异乎？

若夫淫雨霏霏，连月不开，阴风怒号，浊浪排空；日星隐曜，山岳潜形；商旅不行，樯倾楫摧；薄暮冥冥，虎啸猿啼。登斯楼也，则有去国怀乡，忧谗畏讥，满目萧然，感极而悲者矣。

至若春和景明，波澜不惊，上下天光，一碧万顷；沙鸥翔集，锦鳞游泳；岸芷汀兰，郁郁青青。而或长烟一空，皓月千里，浮光曜金，静影沉璧，渔歌互答，此乐何极！登斯楼也，则有心旷神怡，宠辱偕忘，把酒临风，其喜洋洋者矣。

嗟夫！予尝求古仁人之心，或异二者之为，何哉？不以物喜，不以己悲，居庙堂之高，则忧其民；处江湖之远，则忧其君。是进亦忧，退亦忧，然则何时而乐耶？其必曰："先天下之忧而忧，后天下之乐而乐"乎！噫！微斯人，吾谁与归？时六年九月十五日。

译文：（古文今译，务必注重原文的对仗之美音节之美）

庆历四年春天，滕子京贬官镇守巴陵郡。第二年，政情顺利，官民和谐，百废俱兴，于是重修岳阳楼，扩大原来的规模，刻唐贤、今人诗赋在楼上。嘱咐我撰文记述此事。

我看巴陵胜景，全在洞庭湖的风光。含映远山，吞吐长江，浩浩荡荡，漫无边际。朝晖夕阳，气象万千。这就是岳阳楼周边的壮观景象，前人的描述很全面了。然而岳阳楼处北通巫峡，南达潇湘的要道，贬职官员和诗人文士，多聚会此地，观赏景物的心情，应该没有不同吧？

遇上淫雨霏霏，连月不停，阴风怒吼，浊浪冲天，遮星蔽日，山岳隐形；商旅受阻，桅杆折断，船桨毁坏；夜色昏暗，似有虎啸猿啼。登上此楼，想到远离国都，怀念家乡，担心诬陷，害怕讥讽，满目凄凉，感慨至极，悲伤万分。

遇上春风和煦，景物明丽，波澜不起，天色湖光，上下辉映，碧波万顷；鸥鸟翔集，锦鱼畅游；岸边芳草，郁郁葱葱。有时烟消云散，皓月千里，湖光浮动，金片闪耀，静月倒影，玉璧水中。渔歌唱起，互相呼应，此种快活，乐到极致。登上此楼，就会心旷神怡，宠辱皆忘，把酒临风，喜气洋洋。

哎！我曾经探求古代仁人的心思，或许不同于上面两种人的悲喜表现。为什么呢？不因个人得益喜悦，不因个人失意悲伤。担任朝堂高官，忧虑民众；身在江湖民间，忧虑君上。高升也忧虑，降职也忧虑，那么何时才会快乐呢？他们一定会说：忧在天下人之先，乐在天下人之后吧？哦！没有这样的人，我能与谁同道呢！时在庆历六年九月十五日。

赏析：

开篇两句，说明写《岳阳楼记》的缘由。时间、地点、人物、事迹的交代，真正体现了优秀散文言简意赅的特点。应特别注意：重修岳阳楼的"谪守"官员和作者范仲淹，同为"庆历新政"受到降职任用的同道。这是深入理解本文表达的思想、情感的关键入口。

第二段，鸟瞰洞庭湖的远景和全景，引出"迁客骚人"登楼观景的不同感想的主题。用语未受唐代韩、柳否定骈体文风的影响，而是骈体、散体交互为用。致使此文既有讲究对仗、音调铿锵的力量，又有收放自如、变化多端的畅达。

第三段，写阴雨连绵时节洞庭湖的多种景象。连用五组骈体联句，显现出洞庭湖在"淫雨霏霏，连月不开"时节的多种险恶景象，引出"迁客骚人"登楼观景的复杂情感。特别注意："迁客"远离国都和家乡，担心受人诬陷、害怕受人讥讽的落难情感；"骚人"满目凄凉，极度失望的悲哀情感。

第四段，写"春和景明"时节洞庭湖的多种景象。连用七组骈体联句，让洞庭湖的壮美景象充分显现出来。"迁客"登楼观览，"宠辱偕忘"。"骚人"登楼观览，"心旷神怡"。把酒临风，喜气洋洋。

第五段，由"迁客骚人"登楼观景的悲喜情感，联想到古代"仁人"不同的悲喜情感。古代"仁人"是作者理想中的人物，他们忧国忧民，不忧个人，即《论语》中孔子所言"仁者不忧"。他们不因个人的得志而喜悦，也不因个人的失意而悲伤。忧在天下人之先，乐在天下人之后。他们令作者向往，引为同道。本段语言，散体为主，兼有骈体。一字，二字，三字，四字，五字，六字，七字，八字，都独立成句，句法灵活，随意表达，变化多端，奇妙悠远。骈体名句"不以物喜，不以己悲""先天下之忧而忧，后天下之乐而乐"，整齐有力，音调和谐，已成千古名言，永远流传。这两句骈文，也是全文情感、思想升华的高度结晶，并且是历代仁人志士的崇高壮美的生命顶峰。

三、西湖七月半（明：张岱）

原文：

西湖七月半，一无可看，止可看看七月半之人。看七月半之人，以五类看之。其一，楼船箫鼓，峨冠盛筵，灯火优傒，声光相乱，名为看月而实不见月者，看之。其二，亦船亦楼，名娃闺秀，携及童娈，笑啼杂之，环坐露台，左右盼望，身在月下而实不看月者，看之。其一，亦船亦声歌，名妓闲僧，浅斟低唱，弱管轻丝，竹肉相发，亦在月下，亦看月而欲人看其看月者，看之。其一，不舟不车，不衫不帻，酒醉饭饱，呼群三五，跻入人丛，昭庆、断桥，嚣呼嘈杂，装假醉，唱无腔曲，月亦看，看月者亦看，不看月者亦看，而实无一看者，看之。其一，小船轻幌，净几暖炉，茶铛旋煮，素瓷静递，好友佳人，邀月同坐，或匿影树下，或逃嚣里湖，看月而人不见其看月之态，亦不作意看月者，看之。

杭人游湖，巳出酉归，避月如仇。是夕好名，逐队争出，多犒门军酒钱，轿夫擎燎，列俟岸上。一入舟，速舟子急放断桥，赶入胜会。以故二鼓以前，人声鼓吹，如沸如撼，如魇如呓，如聋如哑，大船小船，一齐凑岸，一无所见，止见篙击篙，舟触舟，肩摩肩，面看面而已。少刻兴尽，官府席散，皂隶喝道去。轿夫叫船上人，怖以关门，灯笼火把如列星，一一簇拥而去。岸上人亦逐队赶门，渐稀渐薄，顷刻散尽矣。

吾辈始舣舟近岸。断桥石磴始凉，席其上，呼客纵饮。此时月如镜新磨，山复整妆，湖复颒面。向之浅斟低唱者出，匿影树下者出，吾辈往通声气，拉与同坐。韵友来，名妓至，杯箸安，竹肉发。月色苍凉，东方将白，客方散去。吾辈纵舟酣睡于十里荷花之中，香气拍人，清梦甚惬。

译文：

七月半的西湖，没有什么好看的，可以一看的是七月半的游人。看七月半的游人，可以分为五类。第一类，乘坐楼船，演奏箫鼓，衣冠华丽，盛筵豪奢，灯火灿烂，优伶陪侍，声光交错。这是名为赏月而实际并不赏月的一类人。看这一类人。

第二类，也乘船楼，带着歌妓美女和漂亮男童，笑哭之声，混在一起，环坐露台之上，左顾右盼。这是身在月下而实际不赏月的一类人。看这一类人。

第三类，也乘船，也奏乐唱歌，有名妓，有闲僧，浅斟低唱，管弦箫笛，既演且歌，既在月下赏月，也希望游人看他们赏月的一类人。看这一类人。

第四类，既不乘船，也不坐车，衣冠不整，吃饱喝足，三五成伙，呼啸而来，挤入人群，从昭庆寺到断桥上，狂呼乱嚷，假装酒醉，唱不着调，他们既看月，也看赏月的人，还看不赏月的人，实际没有一个认真看的一类人。看这一类人。

第五类，乘坐薄帷小船，洁净的茶几和温暖的茶炉，小锅快煮香茶，白瓷茶具安静传递，好友佳人，邀坐赏月。有的藏在树影下，有的逃避吵闹躲到里湖。他们赏月而游人看不到他们赏月的姿态，也不刻意装作赏月的一类人。看这一类人。

杭城人平时游西湖，上午巳时出发，下午酉时回家，躲避月亮如同躲避仇人一般。七月半这晚，大家喜好赏月的雅名，成群结队，争相出门，多给守门军士酒钱，轿夫举着火把，排列等在岸上。人们一上船，就催船夫快速划向断桥，赶入盛会。因此，在二更之前，人声、鼓声、吹拉弹唱之声，如水沸腾，如浪震撼，如梦如狂，震耳欲聋。大船小船，一齐凑到岸边，什么都看不见，只见篙击篙，船碰船，肩挨肩，面对面罢了。很快游兴已尽，官府席散，差役喝道离开。轿夫呼叫，乘船的人害怕城门将关，灯笼火把如同星星排列，一一簇拥离去。岸上的人也一队接着一队，赶进城门。人群渐走渐少，很快就散尽了。

我们这类人，这时才移船靠岸。断桥的石磴开始变凉了，坐在上面，招呼客人开怀畅饮。这时的月亮如同新磨的圆镜，山再次整妆，湖再次洗面。先前浅斟低唱的人露面了，藏在树影下的人也出来了。我们互通问候，拉来同坐。高雅的友人和名妓都来了，杯盘筷子安放好了，演奏歌唱都开始了。直到月色苍凉，东方将白，客人们方才散去。我们随船游荡，酣睡在十里荷花之中，香气扑人，清梦快意。

赏析：

晚明散文小品，语言简洁，思想隽永，感情深沉，结构精巧，张岱此文堪称典范。六百余字短文，"描绘了五种不同阶层的人的享乐方式和审美情趣，是当时西湖民俗风情的一幅极好的图画"。[1]

张岱生活于明末清初的浙江山阴（今绍兴），"少为纨绔子弟，极爱繁华" "年至五十，国破家亡，避迹山居"，矢志励节，发愤著书。"他的散文小品，吸收了唐宋散文之神髓，兼有魏晋笔记文的隽永和谐趣，寄寓深远，情味悠长，文字清

---

［1］ 叶朗选编：《文章选读》，华文出版社2012年版，第204页。

丽,明净简洁,形神兼备,风格清新,在卷帙浩繁的晚明小品中放射异彩。"[1]

《西湖七月半》是张岱对昔日杭州人七月半游西湖的风习和情景的追忆,既表现了对往日繁华生活的怀恋,又表现了作者清高自傲的思想和风雅不俗的情趣。[2]

这篇散文,可以分为三个部分赏析。

第一部分,写西湖七月半可以看到的五类游人。第一类是达官显贵,"名为看月而实不见月者"。只顾显示豪华游船,盛宴灯火,箫鼓声响。摆阔气而忘月景。第二类是富豪之人,"身在月下而实不看月者"。只忙取乐"名娃闺秀"和美貌儿童,左顾右盼,而不及赏月。第三类是"名妓闲僧","亦看月而欲人看其看月者"。这类人有才艺,能演奏,能歌唱,既能赏月,也希望游人欣赏他们的表演。第四类是浪荡闲人,三五成群,东游西逛,附庸风雅,专凑热闹。什么都看,"而实无一看者"。第五类是文人雅士,赏月但不装出赏月的姿态,只同"好友佳人,邀月同坐",在僻静处安静赏月。

以上五类人,都是西湖七月半可以看到的节日景象。作者描述每一类人之后,都加"看之"一语强调,用语相同,含意不同,这是本文精巧用词的一大特点。"看这类人",是欣赏之意,还是轻蔑之意,还是其他含意,意味深长。

第二部分,写西湖七月半的热闹景象,特别是各种游船争前恐后竞相开发"赶入胜会"的景象。

---

[1] 张梦新主编:《中国散文发展史》,杭州大学出版社1996年版,第421页。
[2] 参见周先慎:"析张岱《西湖七月半》",载于文史知识编辑部编:《古代抒情散文鉴赏集》,中华书局1988年版,第219页。

第三部分，写西湖七月半的热闹景象散后，文人雅士相约赏月，尽情欢娱的节日追忆。

以上三个部分的生动描述，呈现了一幅晚明时期的"清明上河图"。这是本文超出语言风格之外的展现晚明时期西湖民情风俗的历史意义和文化意义。

四、芙蓉女儿诔（清：曹雪芹）（原文、译文略）

1988年上海古籍出版社出版的《红楼梦鉴赏辞典》，称道："《芙蓉女儿诔》是《红楼梦》全部诗词歌赋中篇幅最长的一篇，也是作者发挥文学才能最充分的一篇。"[1]文学家王蒙评点《红楼梦》认为："曹雪芹，确实以极大的篇幅，以极丰富的词汇，极丰赡的形式，下了功夫写了这篇诔文。"[2]红学家蔡义江认为："在《红楼梦》全部诗文辞赋中，这是最长的一篇，也是作者发挥文学才能最充分，表现政治态度最明显的一篇。"[3]

这篇诔文具有两个突出特点：

一是发挥骚体、骈体诗文的语言特长，表达《红楼梦》倾注的慷慨深情。屈原撰写的《离骚》等名作，语言华美，想象奇特，感情深沉，思想狂放，奠定了骚体文学的基石，是中国古典文学创立时期的高峰。汉唐以来，占主导地位的骈体文学，用词典雅，讲究对仗，注重音韵，气势奔放，是中国古

---

[1] 上海市红楼梦学会、上海师范大学文学研究所编：《红楼梦鉴赏辞典》，上海古籍出版社1988年版，第287页。

[2] （清）曹雪芹、高鹗：《红楼梦》（增补版），王蒙评点，上海文艺出版社2005年版，第826页。

[3] 蔡义江：《红楼梦诗词曲赋全解》，复旦大学出版社2009年版，第226页。

典文学发展时期的高峰。曹雪芹在撰写《芙蓉女儿诔》之前,特别说明:"何必不远师楚人之《大言》《招魂》《离骚》《九辩》《枯树》《问难》《秋水》《大人先生传》等法,或杂参单句,或偶成短联,或用实典,或设譬寓,随意所之,信笔而去,喜则以文为戏,悲则以言志痛,辞达意尽为止,何必若世俗之拘拘于方寸之间哉!"[1]

二是改变写治国忧民、天地山河的宏大主题,表达对卑贱人物的风流深情。即曹雪芹在《芙蓉女儿诔》文前所言:"如今若学那世俗之奠礼,断然不可。竟也还别开生面,另立排场,风流奇异,于世无涉,方不负我二人之为人。况且古人有云:'潢污行潦,频( )蘩蕰( )藻之贱,可以羞王公荐鬼神。'原不在物之贵贱,全在心之诚敬而已。诔文挽词,也须另出己见,自放手眼,亦不可蹈袭前人的套头,略填几字搪塞耳目之文,亦必须洒泪泣血,一字一咽,一句一啼。宁使文不足,悲有余万不可尚文藻,而反失悲切。况且古人多有微词,非自我今作俑也。奈今人全感于功名二字,故尚古之风一洗皆尽,恐不合时宜,于功名有碍之故。我又不稀罕那功名,我又不为世人观阅称赞"。[2]

---

[1] (清)曹雪芹:《红楼梦:八十回石头记》(周汝昌精校本),周汝昌校订,海燕出版社2004年版,第1073页。
[2] (清)曹雪芹:《红楼梦:八十回石头记》(周汝昌精校本),周汝昌校订,海燕出版社2004年版,第1073页。

七问红楼

一、谁堪称红学泰斗

1979年冬日,周汝昌先生到北大开《红楼梦》讲座。正值严冬,周先生笑称讲座题为《寒夜谈红》。2008年3月,听周先生电视讲三国后,余写小诗回忆:寒夜谈红七九冬,再听三国零八春。大一学生成中年,仍喜周老讲史文。九旬高龄思锋锐,百家讲坛意纵横。梁陈钱后大才少,难得一个托命人。2006年1月16日,余重读《红楼梦》后,曾有小诗二首"读红楼,和永忠":"巧借神石写春秋,泣血悲欢化泪流。可惜隔代难相知,读罢红楼叹曹侯。天降奇人著奇书,千秋文化熔一炉。难煞多少秀才郎,愈读愈争愈糊涂。"

红学专家梁归智著《红学泰斗周汝昌传:红楼风雨梦中人》。[1]清史专家杨启樵著《周汝昌红楼梦考证失误》,受到网上作者批评:杨启樵"有何能耐对红学界泰斗级人物周先生出如此之评论"。[2]

称周汝昌为"红学泰斗",原因可能有以下几点:

第一,周汝昌所著《红楼梦新证》,是红楼梦考证派的代表性著作,集大成的著作,受到专家学者的广泛称道,社会影

---

[1] 梁归智:《红学泰斗周汝昌传:红楼风雨梦中人》,漓江出版社2006年版。
[2] 杨启樵:《周汝昌红楼梦考证失误》,上海书店出版社2014年版,第4页。

响很大。

第二,周汝昌从中华文化高度评论《红楼梦》的文化价值和艺术价值,首次认定《红楼梦》是"文化小说"。1989年出版《红楼梦与中华文化》[1]一书,影响很大。1995年出版《红楼艺术》,[2]受到专家高度评价。2006年出版《红楼艺术的魅力》,[3]书前收有著名文史学者吴小如的评论:"从这本书即可看出,作者诚然是一位红学家,而同时他还是文艺批评家、书画理论家和音乐评论家;他不仅通小说戏曲,而且长于旧诗词与骈体文的写作;大而上自中华文化,小而下至民间底层的风俗习尚,他无不有深广而细致的研究。否则他是不可能把《红楼梦》析解得如此深透细腻的。"

周汝昌先生不仅写出了红学考证派的代表性著作,也写出了红学评论派的代表性著作,受到很多读者推崇。

第三,周汝昌先生发表出版红学论著很多,影响的广度深度超过了其他红学家。

在"名家解读红楼梦"的系列著作中,《红楼梦案——周策纵论红楼梦》书前介绍作者:"1980、1986年曾发起并主持过第一、第二届国际红楼梦研究会。多年潜心于《红楼梦》研究,所发之论,无人能望其项背,早年即已被公认为红学研究泰斗级人物。"[4]

称周策纵为"红学研究泰斗级人物",原因应有以下

---

[1] 周汝昌、周伦苓:《红楼梦与中华文化》,工人出版社1989年版。
[2] 周汝昌:《红楼艺术》,人民文学出版社1995年版。
[3] 周汝昌:《红楼艺术的魅力》,作家出版社2006年版。
[4] 周策纵:《红楼梦案——周策纵论红楼梦》,文化艺术出版社2005年版。

两点：

第一，周策纵先生曾发起并主持过第一、第二届国际红楼梦研究会，为红学走向世界作出了重大贡献。

第二，著名红学家周汝昌的《曹雪芹小传》（1980年），曾请周策纵先生写序。著名红学家冯其庸的《曹雪芹家世、〈红楼梦〉文物图录》（1983年），也请周策纵先生写序。两位著名红学家请周策纵先生写序，显示了周先生在红学界的权威性地位。

两位周先生似可称为红学泰斗级的人物。其他红学名家，如王国维是红楼梦文学评论的开创性人物，胡适是新红学考证派的开创性人物，但他们的主要贡献不在红学方面，其红学论著的数量、探讨的深度和影响的广度，都不及两位周先生。但周汝昌先生完全否定《红楼梦》程乙本及其后40回的论断，关于大观园原址的论断，是值得再探讨的。

二、为什么说《红楼梦》是百科全书

中华人民共和国成立之后的一些红学者，从社会关系特别是阶级关系的视角评论《红楼梦》，认为该书描写了社会上的各种人物、各种阶层、各种生活的具体表现和复杂关系，是认识中国封建社会的百科全书。红学家周汝昌甚至认为，《红楼梦》是认识中国文化的百科全书。他以尚玉、尚红、尚情的"三纲"为基础，联系古今中华文化的普遍认识，结合《红楼梦》的具体内容论证说明。又从诗词歌赋、音乐曲艺、园林建筑、品花品茶、写作文论等各个方面评论说明。

从我多年淘存的红学书目来看，就有：《红楼梦》成语辞典、《红楼梦》佛学辞典、《红楼梦》方言及难解词词典、《红楼梦》数术谈、医说红楼、红楼风俗谭、音乐家眼中的《红楼梦》、《红楼梦》的法律世界、《红楼梦》饮食谱等多种专题著作，说《红楼梦》是认识中国文化的百科全书，确非妄语。

三、为什么曹雪芹能写出《红楼梦》

曹雪芹的曾祖曹玺，诗文才华很高，其妻做过康熙童年时代的保母。康熙登基后，任用曹玺为江宁织造官，显荣一时。曹玺故后，康熙任用其子曹寅为江宁织造官，并兼管苏州织造之事。曹寅聪明过人，机智超群，童年时代做过康熙的读书伙伴，少年时又做过康熙的御前侍卫，深得康熙的信任赏识。曹寅任江宁织造官后，曹家达到富贵荣华的顶峰。康熙六次南巡，在江宁都以织造府为行宫，曹寅接驾四次。曹寅才华卓越，学识渊博，有诗文著作传世。特别是主持刻印《全唐诗》等文化工程，名垂青史。曹雪芹出生在这样的"诗礼簪缨"之家，从小受到优越的诗文教育，为他后来著书立说，诗文传世，奠定了坚实的基础。

曹雪芹在 12 岁左右时，父辈受到雍正帝惩处，离开南京，迁居北京。他的祖母尚在，姑母之子居朝廷高位，家族没有一败涂地。他在 16 岁左右时，因结交戏子，不务正业，被长辈圈禁三年。他开始了撰写诗文，发抒愤懑的思考。后得亲戚帮助，获进内务府任职。但他恃才傲物，不善侍奉上级，离职回家，受到亲友的白眼讥刺。

两位家庭败落的王族子弟敦敏、敦诚，十分敬佩曹雪芹的诗文才华，鼓励他著书京郊黄叶村。他在"举家食粥"的穷困生活中，发愤著书十余年，写出《红楼梦》稿本，未修改完毕，在45岁左右病故。《红楼梦》稿本在京城贵族子弟中传抄多种，得以传世。

曹雪芹发愤写《红楼梦》，与屈原发愤写《离骚》、司马迁发愤写《史记》、李白发愤写诗歌一样，留下了蕴含盖世才华的千秋伟著。

四、《红楼梦》后40回到底是谁写的

《红楼梦》传世抄本多种，综合地看，只留存下来前80回的内容。有学者认为，后面若干回内容，写了贾府的败落，担心朝廷审查有碍留传，或受朝廷旨意删除，就没有保存下来。也有学者考证，后面部分是在借阅中丢失的。

《红楼梦》传世印本120回，自乾隆末年刻印流传以来，成为社会大众普遍接受的读本。红学家周汝昌等人认为，用《石头记》一名的传世抄本，是曹雪芹的原著。用《红楼梦》一名的传世刻本，是程伟元、高鹗等人伪续的全本，可能是受朝廷旨意，刻印流传的。主要人物结局，与前80回的暗示，不相吻合。著名作家张爱玲等人也认为，后40回的内容描写、文字风格，都远逊于前80回，不是曹雪芹的手笔。

红学家周策纵认为，后40回并非完全出于另一作者，可能是程、高得到一部分残稿，增补修改成为120本。程、高对前80回也作了一些修改，没有后40回修改得多。周策纵先生还让他指导的博士，用电脑统计方法，计算了《红楼梦》里数十万字，分析用字文法上的习惯特征，得出的结论是，后40回与前80回基本上应出于一人之手。著名作家林语堂认

为,后40回应是在曹雪芹遗稿的基础之上修改完成的。王蒙、白先勇也认为,后40回很难离开曹雪芹的遗稿而由他人完成。前80回千头万绪、错综复杂的人物事件,后40回由他人续写完成是不可能的。白先勇甚至认为,后40回写得很好,宝黛主角最终的描写、贾母主要人物终场的描写,都非常精彩。

五、大观园原型究竟在哪里

大观园是《红楼梦》的主要人物贾宝玉、林黛玉等活动的主要场所。有的红学者认为,大观园的原型是曹寅南京织造署的花园,有的认为在北京的什刹海附近,都缺乏翔实的实证材料。

著名史学家戴逸认为:乾隆题《圆明园全图》为"大观"。"曹雪芹生长于雍乾之际,此时,北京城内和西郊造园之风大盛。《红楼梦》写大观园的建造正是现实生活在文学中的反映。""大观园是曹雪芹为《红楼梦》中众多人物进行活动而虚构的空间环境,它是艺术创造而非实在建筑。执意寻找它是哪个园子,何处府第,岂非刻舟求剑?但是,艺术创造决不能凭空想象,没有现实中的名园胜景,曹雪芹才能再高,想象力再丰富,也难于虚构一座宏伟富丽、诸景俱备的大观园。大观园是乾隆初年皇家造园风尚鼎盛时期的产物,曹雪芹也许见闻到乾隆御题'大观'的《圆明园全图》。这座集中国古代园林艺术大成的圆明园对触发曹雪芹的灵感很重要,所以圆明园和其他御园很可能是他塑造大观园的主要借鉴。"[1]

---

[1] "圆明园与大观园",载《燕都》1989年第1期,收入戴逸:《絜露集》,中国社会科学出版社1997年版,第38~42页。

六、感恩名文名著

著名史学家余英时认为:"大观园是《红楼梦》中的理想世界。""1961年至1963年之间,大陆上的红学家曾热烈地寻找'京华何处大观园'。这可以说是历史还原工作的最高峰。这就给人一种明确的印象,曹雪芹的大观园本在人间,是现实世界的一部分。《红楼梦》里的理想世界被取消了。""大观园的出现是《红楼梦》中第一大事,作者和批者都一再郑重其事地加以点明。""《红楼梦》这部小说主要是描写一个理想世界的兴起、发展及其最后的幻灭。但这个理想世界自始就和现实世界是分不开的:大观园的干净本来就建筑在会芳园的肮脏基础之上。并且在大观园的整个发展和破败的过程之中,它也无时不在承受着园外一切肮脏力量的冲击。干净从肮脏而来,最后又无可奈何地要回到肮脏去。在我看来,这是《红楼梦》的悲剧的中心意义,也是曹雪芹所见到的人间世的最大的悲剧。""《红楼梦》中的大观园更不是以18世纪中国任何一个园林(无论在南、在北)为蓝本的。到现在为止,我们尚未找到任何一条证据,足以证明大观园是南京织造署的花园。"[1]

著名作家白先勇认为:"多年来一些红学家四处勘查,寻找《红楼梦》里大观园的原址,有人认定是北京恭王府,也有人断定是南京江宁织造府的花园,还有人点名袁枚的随园,但很可能大观园只存在曹雪芹的心中,是他的'心园',他创造的人间'太虚幻境'。"[2]

---

[1] 余英时:《红楼梦的两个世界》,上海社会科学院出版社2002年版,第36~58、199页。
[2] 白先勇:《细说红楼梦》(上册),广西师范大学出版社2017年版,第9页。

著名红学家周汝昌在其早年名著《红楼梦新证》中，对大观园的原型有少量考证，在其晚年论著中又有补证。他认为："大观园有无'原型''蓝本'？议论纷纭。大观园原貌未必可'复原'，但'遗址'（前身）却并非毫无线索；蛛丝马迹，痕迹良多。""说大观园是'理想世界'的大学者，他们如何读雪芹的书，我总觉得是莫测高深乎？还是浅尝即止耶？恐怕值得再思忖。"[1]

六、八七版红楼梦电视剧成为经典的原因

八七版《红楼梦》电视剧播出时，我正忙着写博士学位论文，也无条件看电视，当时没有看过，但从报纸杂志上看过介绍或评论。退休后，选看这部电视剧和相关访谈及评论。感慨良多，写此小文，略说八七版《红楼梦》成为经典的原因。

时代之因：20世纪80年代，市场经济尚在探寻中。大家工作，报酬很低，没有攀比，很少计较。没有这个时代背景，红楼剧组不可能廉价找来很多红学专家、工作人员和青年演员，一道奋斗。经费不多，项目很大，全力投入，竟然完成。中央电视台老领导戴临风起到了中流砥柱的作用。

导演之因：王扶林接受导演重任，诚惶诚恐，敬慎努力，大胆用人，打好了成功的基础。他用一年时间研读《红楼梦》相关读本，具备了导演该剧的知识基础。他敢用王立平作曲，肝胆相照，耐心等待，终成合作典范，创制一代名曲。后来红剧称为经典，红曲发挥了关键作用。试想，很多经典场景，如

---

[1] 周汝昌：《红楼夺目红》，作家出版社2003年版，第37~43页。

红剧开篇、黛玉葬花、探春远嫁，若无旷世红曲，就逊色很多。相对《红楼梦》的各种版本来看，八七版《红楼梦》可以称为二王版。王导起用新人担任主演，忍辱负重，耐心调教，为红剧成为新的经典树立了新的典范。

主演之因：林黛玉、贾宝玉、王熙凤、晴雯、袭人、贾探春、薛宝钗、贾琏等主演的形神兼备、惟妙惟肖、倾心表演，使红剧全无古人，后缺来者。

传唱之因：王立平写出红剧旷世名曲，若无天才歌手陈力纯美洁净，一唱三叹，如清泉流过的声音，也难传唱三十多年，仍余音绕梁，为世人叫绝！

陈晓旭扮演的林黛玉，陈力主唱的红楼梦金曲，盖世之才塑造盖世之艺，举世公认，八七版《红楼梦》也可以称为二陈版！

其他原因：八七版以外的各种红剧和相关电影，比较鉴赏，突现二王版、二陈版红剧的经典品格和历史地位。

七、东斋淘存红楼图书有哪些

1. 《红楼小讲》（周汝昌著，北京出版社2002年版）2006年1月2日购。

2. 《红楼真本——蒙府·戚序·南图三本〈石头记〉之特色》（周祜昌、周汝昌著，北京图书馆出版社1998年版）2003年10月26日购。

3. 《文采风流曹雪芹》（周汝昌著，书海出版社2004年版）2007年7月8日购。

4. 《红楼梦的艺术魅力》（周汝昌著，作家出版社2006年版）2008年1月20日购。

5.《周汝昌梦解红楼》（周汝昌著，漓江出版社2005年版）2005年1月30日购。

6.《红楼夺目红》（周汝昌著，作家出版社2003年版）2005年1月22日购。

7.《红楼梦：八十回石头记》（上、下册）〔（清）曹雪芹著，周汝昌校订，海燕出版社2004年版〕2006年1月27日购。

8.《红楼家世——曹雪芹氏族文化史观》（周汝昌著，黑龙江教育出版社2003年版）2003年11月28日购。

9.《曹雪芹新传》（周汝昌著，山东画报出版社2007年版）2007年5月5日购。

10.《周汝昌红楼演讲录》（傅光明主编，线装书局2007年版）2009年8月30日购。

11.《北斗京华——北京生活五十年漫忆》（周汝昌著，中华书局2007年版）2008年7月17日购。

12.《天·地·人·我》（周汝昌著，北京十月文艺出版社2001年版）2004年8月12日购。

13.《岁华晴影——周汝昌随笔》（周汝昌著，东方出版中心1997年版）1997年购。

14.《东方赤子·大家丛书：周汝昌卷》（方舟、雪夫主编，华文出版社1999年版）2005年2月5日购。

15.《红楼梦新证》（增订本）（周汝昌著，人民文学出版社1976年版）2003年11月20日购。

16.《红楼艺术》（周汝昌著，人民文学出版社1995年版）2005年3月12日购。

17.《和贾宝玉对话》（周汝昌著，作家出版社 2005 年版）2009 年 12 月 13 日购。

18.《周汝昌红楼梦考证失误》（杨启樵著，上海书店出版社 2010 年版）2010 年 8 月 20 日购。

19.《周汝昌红楼梦考证失误》（第 2 版）（杨启樵著，上海书店出版社 2014 年版）2014 年 9 月 29 日购。

20.《〈红楼梦〉辞典》（杨为珍、郭荣光主编，山东文艺出版社 1986 年版）1986 年 12 月购。

21.《红楼梦鉴赏辞典》（上海市红楼梦学会、上海师范大学文学研究所编，上海古籍出版社 1988 年版）2008 年 10 月 10 日购。

22.《红楼梦注解》（毛德彪等编写，广西人民出版社 1981 年版）2019 年 9 月 29 日购。

23.《〈红楼梦〉方言及难解词词典》（刘心贞编著，东方出版社 2010 年版）2014 年 5 月 28 日购。

24.《〈红楼梦〉佛学辞典》（灵悟著，宗教文化出版社 2007 年版）2009 年 3 月 23 日购。

25.《红楼梦成语辞典》（高歌东、张志清编著，天津社会科学院出版社 1997 年版）2007 年 5 月 13 日购。

26.《〈红楼梦〉在国外》（胡文彬著，中华书局 1993 年版）1995 年 12 月 7 日购。

27.《红楼梦版本小考》（魏绍昌著，中国社会科学出版社 1982 年版）1991 年 5 月 18 日购。

28.《红楼研究小史稿》（郭豫适著，上海文艺出版社 1980 年版）2008 年 11 月 28 日购。

29.《日本红学史稿》(孙玉明著,北京图书馆出版社2006年版)2009年6月11日购。

30.《红楼梦数术谈》(孙宏安著,海豚出版社2015年版)2016年3月23日购。

31.《〈红楼梦〉与中国旧家庭》(萨孟武著,广西师范大学出版社2005年版)2005年11月16日购。

32.《红楼梦人物论》(王昆仑著,团结出版社2002年版)2002年购。

33.《红楼梦人物谱》(朱一玄著,百花文艺出版社2006年版)2007年购。

34.《红楼梦答客问》(蔡义江著,龙门书局2013年版)2015年4月30日购。

35.《梦里梦外红楼缘》(胡文彬著,中国书店2000年版)2003年12月15日购。

36.《红楼梦血泪史》(潘重规著,广西师范大学出版社2006年版)2006年11月15日购。

37.《王蒙活说红楼梦》(王蒙著,作家出版社2005年版)2008年1月20日购。

38.《拟曹雪芹"答客问"——论红学索隐派的研究方法》(郭豫适著,华东师范大学出版社2006年版)2009年1月5日购。

39.《红楼梦悬案解读》(胡邦炜著,四川人民出版社2004年版)2004年9月9日购。

40.《绛珠还泪:〈红楼梦〉与民俗文化》(王齐洲等著,黑龙江人民出版社2003年版)2004年11月10日购。

41.《吴恩裕点评红楼梦》(吴恩裕著,团结出版社2006年版)2007年购。

42.《红楼梦与诠释方法论》(洪涛著,北京图书馆出版社2008年版)2015年2月24日购。

43.《红楼探佚红》(梁归智著,作家出版社2007年版)2007年2月7日购。

44.《石头记探佚》(梁归智著,山西人民出版社1983年版)2001年3月16日购。

45.《高阳说曹雪芹》(高阳著,新星出版社2006年版)2006年9月1日购。

46.《红楼梦诗词钢笔行书帖》(钱沛云书,同济大学出版社1991年版)1994年10月6日购。

47.《红楼梦纵横谈》(林冠夫著,文化艺术出版社2005年版)2004年10月4日购。

48.《红楼梦魇》(张爱玲著,哈尔滨出版社2003年版)2004年9月4日购。

49.《红楼放眼录》(胡文彬著,华艺出版社1995年版)2003年11月22日购。

50.《何处是归程——从〈红楼梦〉看曹雪芹对生命家园的探寻》(王达敏著,大象出版社1997年版)2010年12月4日购。

51.《俞平伯说红楼梦》(俞平伯撰,上海古籍出版社1998年版)2003年11月13日购。

52.《红楼鞭影:中国当代红楼梦研究》(周汝昌、周伦玲主编,北京师范大学出版社2003年版)2003年11月23

日购。

53.《红楼梦资料汇编》(朱一玄编,南开大学出版社2003年版)2003年11月30日购。

54.《草根红学杂俎》(邓遂夫著,东方出版社2004年版)2015年4月19日购。

55.《红楼梦管窥——张锦池论〈红楼梦〉》(张锦池著,文化艺术出版社2009年版)2016年8月7日购。

56.《医说红楼——红楼中的健康养生秘法》(段振离著,新世界出版社2006年版)2004年4月9日购。

57.《秦淮旧梦：曹雪芹遗事》(林冠夫著,山东画报出版社2009年版)2009年2月13日购。

58.《红楼梦诗词曲赋评注》(修订本)(蔡义江著,团结出版社1991年版)2001年10月10日购。

59.《红楼风俗谭》(邓云乡集,河北教育出版社2004年版)2004年8月24日购。

60.《红楼识小录》(邓云乡集,河北教育出版社2004年版)2004年8月24日购。

61.《红楼梦的两个世界》(余英时著,上海社会科学院出版社2002年版)2003年11月13日购。

62.《孙温绘全本红楼梦》[(清)孙温绘、张庆善、郭光主编,中国青年出版社2021年版]2002年购。

63.《红楼二十讲》(王国维等著,苗怀明选编,华夏出版社2009年版)2016年9月5日购。

64.《红楼梦与中华文化》(周汝昌、周伦苓著,工人出版社1989年版)。

65.《红楼梦鉴赏辞典》(已赠)

66.《启功注释红楼梦》(上、中、下)(已赠)

67.《红楼梦》(冯其庸等注释)(已赠)

68.《红楼梦》(列藏本)(已赠)

69.《红楼梦诗词曲赋鉴赏辞典》(已赠)

70.《红楼梦悟》(增订本)(刘再复著,生活·读书·新知三联书店2009年版)2009年1月28日购。

71.《共悟红楼》(刘再复、刘剑梅著,生活·读书·新知三联书店2009年版)2009年1月20日购。

72.《红学通史》(上、下)(陈维昭著,上海人民出版社2005年版)2006年1月19日购。

73.《变奏与狂想:论《红楼梦》、论李商隐》(王蒙著,人民文学出版社2003年版)2003年11月29日购。

74.《刘心武续红楼梦》(刘心武著,江苏人民出版社2011年版)2016年12月4日购。

75.《林语堂平心论红楼——眼前春色梦中人》(林语堂著,陕西师范大学出版社2007年版)2012年10月19日购。

76.《刘心武点评红楼梦》(刘心武著,团结出版社2006年版)2006年1月18日购。

77.《李长之、李辰冬点评红楼梦》(李长之、李辰冬著,团结出版社2006年版)2006年购。

78.《红楼梦与百年中国》(刘梦溪著,河北教育出版社1999年版)2003年11月8日购。

79.《红楼梦与中国文化论稿》(胡文彬著,中国书店2005年版)2006年1月20日购。

80. 《红学探索——刘世德论红楼梦》（刘世德著，文化艺术出版社 2006 年版）2016 年 8 月 4 日购。

81. 《红楼梦版本论》（林冠夫著，文化艺术出版社 2007 年版）2010 年 4 月 28 日购。

82. 《知味红楼：红楼梦研究》（李辰冬著，中国档案出版社 2006 年版）2006 年 12 月 26 日购。

83. 《石头记脂本研究》（冯其庸著，人民文学出版社 1998 年版）2004 年 9 月 4 日购。

84. 《红学探索》（吴世昌著，北京出版社 2000 年版）2003 年 10 月 31 日购。

85. 《红楼人物姓名谈》（赤飞著，新华出版社 2007 年版）2009 年 3 月 23 日购。

86. 《红楼说梦》（舒芜著，人民文学出版社 2004 年版）2015 年 10 月 7 日购。

87. 《胡适红楼梦研究论述全编》（胡适著，上海古籍出版社 1988 年版）1994 年 6 月 27 日购。

88. 《蔡义江论红楼梦》（蔡义江著，文化艺术出版社 2006 年版）2016 年 8 月 7 日购。

89. 《周思源论红楼梦》（周思源著，文化艺术出版社 2006 年版）2016 年 8 月 6 日购。

90. 《周策纵论红楼梦》（周策纵著，文化艺术出版社 2005 年版）2005 年 1 月 30 日购。

91. 《李启祥论红楼梦》（李启祥著，文化艺术出版社 2005 年版）2016 年 8 月 5 日购。

92. 《红楼吟》（徐宝源著，远方出版社 1993 年版）1999

年购。

93.《史学与红学》（唐德刚著，广西师范大学出版社2006年版）2006年3月15日购。

94.《红楼一家言》（高阳著，生活·读书·新知三联书店2001年版）2001年6月20日购。

95.《红楼梦：爱的寓言》（［美］衣锦声著，北京大学出版社2000年版）2003年10月14日购。

96.《曹雪芹文艺思想新探》（翟胜健著，北京大学出版社1997年版）2003年11月15日购。

97.《红楼梦的法律世界》（尹伊君著，商务印书馆2007年版）2007年12月20日购。

98.《音乐家眼中的红楼梦》（孟凡玉著，文化艺术出版社2007年版）2016年8月21日购。

99.《〈红楼梦〉的原型与寓意》（［美］浦安迪著，夏薇译，生活·读书·新知三联书店2018年版）2019年4月13日购。

100.《红楼梦学刊》（2006年第2期，红楼梦学刊杂志社2006年）2006年2月7日购。

101.《红学百年风云录》（欧阳健等著，浙江古籍出版社1999年版）2003年11月30日购。

102.《画梁春尽落香尘——解读〈红楼梦〉》（刘心武著，中国广播电视出版社2003年版）2003年12月3日购。

103.《红楼梦概论》（冯其庸、李广柏著，北京图书馆出版社2002年版）2003年11月28日购。

104.《新解红楼梦》（傅光明主编，山东画报出版社2005

年版）2004年12月16日购。

105.《新解红楼梦（续）》（傅光明主编，山东画报出版社2005年版）2009年8月6日购。

106.《新解红楼梦》（第3辑）（傅光明主编，山东画报出版社2007年版）2015年1月18日购。

107.《胡适红学年谱》（宋广波著，黑龙江教育出版社2003年版）2003年11月30日购。

108.《红楼赏诗——〈石头记〉诗词韵语讲论》（梁归智著，山西古籍出版社2005年版）2006年1月20日购。

109.《李士祯李煦父子年谱》（王利器著，北京出版社1983年版）1986年购。

110.《说不尽的红楼梦：曹雪芹在香山》（胡德平著，中华书局2004年版）2004年4月10日购。

111.《红楼心解——读〈红楼梦〉随笔》（俞平伯著，陕西师范大学出版社2005年版）2007年2月9日购。

112.《红楼梦饮食谱》（秦一民著，山东画报出版社2003年版）2003年11月20日购。

113.《百年红学》（闵虹主编，文化艺术出版社2007年版）2016年10月29日购。

114.《红楼梦诗词曲赋全解》（蔡义江著，复旦大学出版社2008年版）2010年3月2日购。

115.《脂砚斋重评石头记甲戌校本》（邓遂夫校订，作家出版社2000年版）2001年4月12日购。

116.《脂砚斋重评石头记庚辰校本》（第4卷）（邓遂夫校订，作家出版社2006年版）2006年4页29日购。

117.《红楼梦》(上、中、下)(增补版)(王蒙评点,上海文艺出版社 2005 年版)2006 年 1 月 12 日购。

118.《蒋勋说红楼梦》(第一辑)(蒋勋著,上海三联书店 2010 年版)2010 年 12 月 6 日购。

119.《蒋勋说红楼梦》(第二辑)(蒋勋著,上海三联书店 2010 年版)2011 年 1 月 2 日购。

120.《白先勇细说红楼梦》(上、下)(白先勇著,广西师范大学出版社 2017 年版)2022 年 10 月 19 日购。

121.《红楼梦》[(清)曹雪芹、高鹗著,人民文学出版社 1972 年版]2022 年 10 月 19 日购。

122.《红楼梦》(蒙古王府藏本)[(清)曹雪芹著,程伟元、高鹗补,外语教学与研究出版社 2021 年版]2022 年 11 月 14 日购。

123.《红楼梦版本图说》(陈守志、邱华栋著,北京大学出版社 2020 年版)2022 年 11 月 10 日购。

124.《红楼梦新证》(增订本)(上、下)(周汝昌著,中华书局 2016 年版)2022 年 11 月 10 日购。

七

感恩法史专业

张晋藩先生论中国传统法律体系[*]

一、近代学者对中国传统法律体系的认识

在近代学者中，沈家本、梁启超吸收西方近代法律体系的理论，对中国传统法律体系的反思较早。沈家本在清末主持修律过程中，曾对刑法和刑事诉讼法的关系有专门的论述。他认为："诸律中以刑事诉讼律尤为切要。西人有言曰：刑律不善不足以害良民，刑事诉讼律不备，即良民亦罹其害。盖刑律为体，而诉讼为用，二者相为维系，固不容偏废也。中国第有刑律，而刑事诉讼律向无专名，然其规程，律文中不少概见。李悝《法经》有《囚法》《捕法》，《唐律疏议》谓：《囚法》即《断狱律》，《捕法》即《捕亡律》，此即刑诉之权舆。汉魏以降，篇目迭更，亦暨宋明，代有修改。其中如告劾、传覆、系囚、鞫狱、讨捕、斗讼诸律，规定綦详。我朝钦定《大清律例》，亦列诉讼、断狱、捕亡等目。是中国未尝无刑事诉讼律，特散见于刑律之中，未特设专律耳。"[1]沈家本还从"体用"关系角度谈到刑法和诉讼法的关系，他认为："法律一道，因时制宜，大致以刑法为体，以诉讼法为用。体不全，无以标立法之宗旨；用不备，无以收行法之实功。二者相因，不

---

[*] 2019年12月，张晋藩先生90华诞之际，提交本文参会发言。
[1] 《大清刑事诉讼律草案·奏疏》。

容偏废。"[1]

沈家本对民法和民事诉讼法的关系也有专门的论述。他认为:"东西各国法制虽殊,然于人民私权秩序维护至周,既有民律以立其基,更有民事诉讼律以达其用。是以专断之弊绝,而明允之效彰。中国民、刑不分,由来已久。刑事诉讼虽无专书,然其规程,尚互见于刑律。独至民事诉讼,因无整齐划一之规,易为百病丛生之府。若不速定专律,曲防事制,政平讼理未必可期,司法前途不无阻碍。"[2]

沈家本在论述从西方引进的近代部门法的关系时,常与中国历史上的法律体系相比较,认为中国传统法律已经包含有西方近代部门法的内容。他认为:中国"往昔律书体裁虽专属刑事,而军事、民事、商事以及诉讼等项错综其间"。[3]"查中国诉讼断狱,附见刑律,沿用唐明旧制,用意重在简括。揆诸今日情形,亟应扩充,以期详备。泰西各国诉讼之法,均系另辑专书,复析为民事、刑事二项。"[4]

沈家本的以上论述,影响了后来的中国法制史学者的以下认识:

(1) 中国传统法典包含西方近代部门法的内容,是诸法合体的法典。

---

[1]《修订法律大臣沈家本等奏进呈诉讼法拟请先行试办折》,载(清)朱寿朋编:《光绪朝东华录》(第5册),中华书局1958年版,第5504~5506页。

[2]《民事诉讼律·奏折》,修订法律馆印刷。

[3]《修订法律大臣沈家本等奏进呈刑律分则草案折》,载《大清光绪新法令》(第20册)。

[4]《修订法律大臣沈家本等奏进呈诉讼法拟请先行试办折》,载(清)朱寿朋编:《光绪朝东华录》(第5册),中华书局1958年版,第5504~5506页。

七、感恩法史专业

（2）中国传统法律在形式上是以刑为主的法律。

梁启超是在晚清时期运用近代法典概念论述中国法制史的代表人物。他在 1906 年撰写的《论中国成文法编制之沿革得失》[1]一文中，大量引用了日本法学家穗积陈重《法典论》的观点，在利用外来法典理论的基础之上提出了自己对法典的认识。他认为："成文法之初起，不过随时随事，制定为多数之单行法。及单行法发布既多，不得不撮而录之，于是所谓法典者见焉。然法典之编纂，其始毫无组织，不过集录旧文而已。及立法之技量稍进，于是或为类聚体之编纂，或为编年体之编纂，画然成一体裁。及立法之理论益进，于是更根据学理以为编纂，凡法律之内容及外形，皆有一定之原理原则以组织之，而完善之法典始见"。进而提出了关于中国历代法典产生和发展的观点，认为："及春秋战国，而集合多数单行法，以编纂法典之事业，蚤已萌芽。后汉魏晋之交，法典之资料益富，而编纂之体裁亦益讲，有组织之大法典，先于世界万国而见其成立（罗马法典之编成在西历 534 年，当我梁武帝中大通六年。晋新律之颁布在晋武帝泰始四年，当彼 268 年）。唐宋明清，承流蹈轨，滋粲然矣。其所以能占四大法系之一，而粲然有声于世界者，盖有由也。"梁启超虽然称赞中国法典产生的历史早，有沿革清晰的历代成果，但又认为中国历史上的法典"编纂太无意识，去取之间绝无一贯的条理以为之衡。故一法典中而其文意相矛盾者，指不胜屈，使用法者无所适从，而法典之效力以相消而不复存在。此不得不谓编纂方法拙劣之

---

[1] 梁启超：《饮冰室合集》（第 2 册），中华书局 1989 年版，第 1~61 页。

所致也"。他进而认为缺乏系统严密的总则是历代法典的主要缺陷,"我国今日现行两大法典,其《大清会典》无所谓总则,不必论矣。其《大清律例》沿晋唐之旧,首置《名例律》一门,颇有合于总则之义。虽然《大清律例》之《名例律》有非贯通于全律之大原则而亦入其中者,有贯通于全律之大原则而不入其中者,谓《名例律》足以包举诸律焉不得也,谓诸律悉无触背《名例律》焉不得也。故《名例律》者,有总则之名而未能全举其实者也。夫《大清律例》为发达最古稍称完备之书,而犹若是,其他更无论矣"。梁启超运用近代法典概念和理论批评中国传统法典,看到了传统法典的某些缺陷,但对传统法典的指导思想和总则篇的历史地位认识有偏差。在法家思想占统治地位的时代,传统法典贯穿着君主本位的立法思想和指导原则。在儒家思想占统治地位的时代,传统法典贯穿着家族本位的立法思想和指导原则,而家族本位实际是君主本位的基础。所以,君主本位是贯穿着《法经》至《大清律例》的中国传统法典的总的指导思想和基本原则。中国传统法典在概念、内容、形式和范围方面,与近代受西方法律思想影响的法典有很大不同,但并非无意识的、无基本原则的、松散的组合体,而是有明确立法思想的、有稳定基本原则的固有法典。[1]

梁启超根据西方近代部门法分类的理论认识中国古代的法律体系,比沈家本更进了一步。他认为:"近今学者言法律之分类,其说虽不一,而最普通者,则大别为公法、私法之两

---

[1] 参见刘广安:"法典概念在晚清论著中的运用",载《华东政法大学学报》2009年第6期。

种。公法者,所以规定国之组织,及国与人民之关系,国与国之关系者也。私法者,所以规定人民相互之关系,及甲国人与乙国人之关系者也。公法之中,有规定国家之根本的组织者,是名宪法。有规定行政机关及其活动之规律者,是为行政法。有为国家自卫起见,科刑罚于犯法之人者,是为刑法。两独立国之间,互定其法律关系者,是为国际公法。私法之中,有规定一般私人间之权利义务者,是为民法。或于民法中,别取其关于商人商事者,为特别法,以详定之,是为商法。有规定甲国私人与乙国私人间之权利义务者,是为国际私法。法律分类之大概如是,今以我国历代遗传及今日现行之成文法按之……我国法律之发达,垂三千年。法典之文,万牛可汗,而关于私法之规定,殆绝无之。夫我国素贱商,商法之不别定,无足怪者。若乃普通之民法,据常理论之,则以数千年文明之社会,其所以相结合相维护之规律,宜极详备。乃至今日,而所恃以相安者,仍属不文之惯习。而历代主权者,卒未尝为一专典以规定之,其散见于户律户典者,亦罗罗清疏,曾不足以资保障,此实咄咄怪事也。"[1]梁启超在文中注明,公法、私法的界说,参考了日本学者梅谦次郎《民法原理》一书的观点。关于西方近代部门法与中国历代成文法的关系,参考了日本学者浅井虎夫发表在《史学杂志》第14卷第8号上的观点。梁启超还特别补充说明,西方近代部门法的分类与中国历史上根据六部执掌的法律分类,形式不同,体系不同,不可以等同视

---

[1] 梁启超:"论中国成文法编制之沿革得失",载梁启超:《饮冰室合集》(第2册),中华书局1989年版,第1~61页。以下引文或大意转述皆出于此书,不再一一注释。

之。浅井虎夫列表比附的观点，不是十分正确的。梁启超意识到了西方近代部门法与中国历代成文法在形式和体系上的不同，但还没有找到更为合理、更为圆满的解释方法。直到今天，中国法史学者仍为找到更为清楚、更为准确的以今释古的解释方法而努力。

梁启超对唐代法律体系的评论，也突出地反映了他对中国传统法律体系的认识。他根据《唐六典》和《旧唐书·刑法志》对律、令、格、式四种法律形式的解释认为：唐代的令为一般的国法，格为行政法及民法，律为刑法，式为施行诸法的细则。他对自己认识的准确性不太肯定，补充说："然考诸当时之载籍，其界限亦不甚分明，今举其名而推定其性质。"他根据《唐六典》所载唐令的篇目看到："律令两者对象之目的物，固有相同者（如律有《卫禁》，令有《宫卫》；律有《户婚》，令有《户令》；律有《厩库》，令有《仓库》《厩牧》等），而令之范围甚广，律之范围较狭也。令则普涉于一般国法，律则专限于刑法也。然则律与令二者非性质上之差别（两者皆有固定的性质与格、式异），而资料上之差别也。非如日本命令与法律之差别，实如日本刑法与其他法律之差别也。"

梁启超接受日本学者织田万关于中国古代有行政法与刑法分别的观点，认为："所谓律者，即刑法也。所谓会典者，即行政法也。而明清两代之会典，实并律之所规定者而悉收容于其间。故会典之与律例，实为全部法与一部法之关系。故研究会典之性质，实重要中之重要也。"

梁启超根据西方近代法典概念和部门法分类的理论，解释中国传统法典性质和法律体系特点的认识，对后来中国法制史

七、感恩法史专业

学者的影响比沈家本上述观点的影响更大。

杨鸿烈在1930年出版的《中国法律发达史》一书中，就主要根据西方近代部门法的体系编制各章内容，分为刑法、民法、诉讼法、法院编制等内容。刑法类别之下又分为总则和分则组织历史材料。民法类别之下分为人之法、物之法、债权法、婚姻法、继承法等部分。他也认为：《唐六典》"是中国现存的最古行政法典"。[1]赞同织田万在《清国行政法》中提出的观点：中国古来即有两大法典，一为刑法典，一为行政法典。《唐六典》"载施政之准则，具法典之体裁，为后代之模范。以视汉以来之所谓律，所谓令，所谓格，所谓式者，大有殊焉"。杨鸿烈同时看到了《唐六典》的体例与唐代的官制有所不同的问题，并认为：《六典》的内容有关诉讼法里法院组织和管辖，及刑法等类。《六典》规定的内容不完全是"当时实行之法"。[2]

陈顾远在1934年出版的《中国法制史》一书中认为：中国古代律的范围不能等同于现代刑法的领域。以唐律为例，"《卫禁》《职制》《厩库》《擅兴》，则偏于行政法规也；《户婚》则偏于民事法规也；《捕亡》《断狱》则偏于诉讼法规、监狱法规及司法官惩戒法规也；《贼盗》《斗讼》《诈伪》《杂律》始偏于刑法者也。倘再详细分析，则河防之事为行政，而入于《杂律》；钱债之事为民事，亦入于《杂律》；市廛之事为商事，同入于《杂律》；受赃之事非行政法规，乃入于

---

[1] 杨鸿烈：《中国法律发达史》（上），上海书店出版社1990年版，第359页。
[2] 杨鸿烈：《中国法律发达史》（上），上海书店出版社1990年版，第360~362页。

《职制》；诉讼之事非实质刑法，乃并于《斗讼》。而其他各律又各有关于刑法者在焉。于是《名例》一律自不能认为即是关于刑法之总则，实不啻关于一般法律之适用法也。既如是矣，则历代所谓律者，似不失为一成文法典，举一切而尽有之矣"。[1]陈顾远不仅认识到传统律典内容与近代部门法类别既有相似又有区别的复杂性，而且明确指出律的内容不能等同于现代刑法的领域，丰富了梁启超、杨鸿烈的相关认识。

戴炎辉在1966年出版的《中国法制史》一书中，在根据近代部门法理论解释中国传统法典与法律体系方面，比沈家本、梁启超、杨鸿烈、陈顾远的相关解释，在很多方面更加细化了。戴炎辉把中国传统法律分为刑事法史、诉讼法史、财产法史等篇章。在这些篇章之下，又根据近代刑事法、诉讼法、财产法的内容，作了更为细致的分类。在刑事法史一篇之下，有刑事责任与民事责任、罪刑法定主义、教育刑主义与威吓刑主义、犯罪构成要件、主刑与从刑等分类。在诉讼法史一篇之下，有民刑事诉讼程序不分、诉讼当事人及代理人、诉讼的注销等分类。在财产法史一篇之下，有动产物权、不动产物权、各种债权等分类。戴炎辉的上述分类及其相关论述，是近代学者把中国传统法典与法律体系的解释与现代法学理论结合的代表性观点。但戴炎辉认为，中国古代的律，"皆指刑事法而说"。[2]没有认为律是诸法合体的法典。他还认为：明清"会典主要收录行政法规，具有综合法典的性质"。[3]没有采用会

---

[1] 陈顾远：《中国法制史》，中国书店1988年版，第95页。
[2] 戴炎辉：《中国法制史》，三民书局1966年版，第1页。
[3] 戴炎辉：《中国法制史》，三民书局1966年版，第15页。

典是行政法典的观点。关于汉代的"令典"、晋代的"令典",戴炎辉认为:汉代"令典的性质,犹如秦前的教令,系在律典外,补修律条之补充的副法"。"晋令典系与晋律同时颁布,犹如汉令典,亦是统一法典……晋令一变汉、魏制,已不是律之补充的刑罚法,乃纯粹教令法。"[1]他同时指出,晋令没有完全与律脱节,违令有罪,仍按律处罚。"晋令之为教令法,为我国法制上的创举,而违令者,以律内违令条处罚,后代皆师承此制。"[2]关于唐代的律、令、格、式,戴炎辉认为:"律令本为国家的根本法,但因实际需要,而以敕加以修补,敕中有可行用于将来者,即编成为法典,这就是格。……式系律令的施行细则,因而亦包含命令的及刑罚的规定。"[3]关于宋代的法律体系,戴炎辉认为:"宋代以敕补修律条,因而自神宗以后,确立'敕令格式'的体系。……敕即相当于律,令则如前代之旧,格如赏格、假宁格之类,式乃文书书式。至于刑统(律)与敕的关系,《庆元条法事类》说:'诸敕令无例者,从律。律无例及例不同者,从敕令。'即敕是基本法,律乃副法。"[4]

二、张晋藩先生对中国传统法律体系认识的发展及其意义

近代学者在中国传统法律体系研究方面,进行了广泛的考察,发表了一系列学术观点。在近代学者的研究基础之上,张晋藩先生对中国传统法律体系的问题进行了新的探索和论述。

---

[1] 戴炎辉:《中国法制史》,三民书局1966年版,第3~5页。
[2] 戴炎辉:《中国法制史》,三民书局1966年版,第6页。
[3] 戴炎辉:《中国法制史》,三民书局1966年版,第11页。
[4] 戴炎辉:《中国法制史》,三民书局1966年版,第13页。

他在1980年发表的《中华法系特点探源》一文中认为:"中国封建时代颁行的法典,基本上都是刑法典,但它包含了有关民法、诉讼法以及行政法等各个方面的法律内容,形成了民刑不分,诸法合体的结构……在西方古代的法典如罗马十二铜表法中,也包括民、刑、诉讼等法,但民法所占比重较大,以后更加发展。相反,在中国的封建法典中,有关田土、钱债、户籍、婚姻等规定,所占的比重较小,条文也较为简单。这是因为调整民事法律关系的,不仅有国家颁布的法律,还有国家认可的长期流行的习惯。"[1]张先生在1981年出版的《中国法制史》第一卷的绪论中,进一步论述了"民刑不分,诸法合体"的问题。认为"从战国时李悝著《法经》起,直到封建末世的《大清律例》,历代具有代表性的法典基本上都是刑法典,同时也包含着民法、行政法、诉讼法等各方面的内容,这种混合编纂的结构形式,就是通常所说'民刑不分,诸法合体'。在封建法典中涉及钱债、田土、户籍、婚姻等民事法律关系的比重很小,条文也比较简陋。相反,长期通行的习惯法,以及儒家提倡的礼,倒是起着很大的调节作用……在中国古代由于自给自足的自然经济长期占统治地位所造成的民事法律关系的不发达,加上宗族权对民事纠纷的实际调节作用,以及专制主义禁锢下法理学研究的缺乏,使得民刑不分的法律结构形式延续了两千多年,一直到清末才开始起草独立的民法典,这是与外国不同的"[2]。

---

[1] 张晋藩:"中华法系特点探源",载《法学研究》1980年第4期。
[2] 张晋藩、张希坡、曾宪义编著:《中国法制史》(第1卷),中国人民大学出版社1981年版。

七、感恩法史专业

为了扩展中国法制史的研究领域，加强部门法史和各种专门法史的研究，张先生在 1983 年中国法律史学会年会上提出："民刑不分，诸法合体是中国古代法典的体例，就法律体系而言，是诸法并存，民刑有分的。"[1] 在后来的一系列论著中，张先生反复论证了"诸法并存，民刑有分"的观点。在 1984 年发表的《再论中华法系的若干问题》一文中，张先生对"民刑不分，诸法合体"与"民刑有分，诸法并存"的问题论证说："中国从战国李悝著《法经》起直到最后一部封建法典《大清律例》，历代具有代表性的法典都采取以刑法为主，诸法混合编纂的结构形式，直到 20 世纪初期沈家本主持变法修律，输入大陆法系之后，才按照六个法律部门——宪法、刑法、民法、商法、诉讼法、法院编制法，分别起草法典。中国封建时代的法典采用混合编纂的形式也不是偶然的，是和自然经济长期占统治地位，礼所起的实际调整作用以及封建专制制度下的统治的严酷等各种特定的条件分不开的，因而才得以长期延续下来，但决不能由此得出结论，说中国古代只有刑法而无其他部门法规……任何一种类型的法律都是社会关系的反映和产物，社会关系的多样性决定了法律规范内容的多样性和法律调整方式的多样性，从而形成了在统一的法律体系中的一些相对独立的法律部门和制度。任何国家在任何历史发展阶段都不可能只有一种法律规范、一个法律部门，这是不依立法者的主观意愿决定的。至于如何编纂法典，采取哪一种形式和原则，则表现了立法者的主观意志和实践中的经验。因此，民刑

---

[1] 转引自顾元："中国古代的法律体系与法典体例——张晋藩教授'诸法并存，民刑有分'理论述评"，载《政法论坛》2001 年第 3 期。

不分,诸法合体就主要法典的编纂形式而言,是一个特点,也有它的客观根据。这种法典结构形式可以说是世界古代一切法典所共有的特点,并不是中国封建法典所独有的特点。西方最早的代表性法典——十二铜表法,就包括刑事、民事、民事诉讼以及行政法性质的规范。日耳曼的蛮族法典、德意志的萨克森法典,都是以习惯法为主,融合了民刑诸法。但是也应该看到中国和外国的区别。中国古代在诸法合体的结构形式中,始终以刑法为主,并以统一的刑法手段调整各种法律关系。而西方从十二铜表法起,民法就在法典中占有主导地位,有关民事诉讼、土地占有、家庭、债权构成了十二铜表法的主要内容。当罗马繁荣时期便开始摆脱了用刑法手段来调整民事关系,这在查士丁尼《民法大全》所记载的抵押、担保以及一些民事诉讼的规定中可见一斑。然而在中国的主要法典中却始终用刑事手段调整民事、行政、经济各方面的法律关系。此外,中国封建时期所采用的诸法合体的法律结构一直延续了两千多年,也就是说贯穿了整个封建时代。"[1]

在1985年发表的《论中国古代民法研究中的几个问题》一文中,张先生进一步强调:"任何一种类型的法律都是特定的社会关系的产物。社会关系是复杂多样的,反映社会关系的法律规范的内容也必然是复杂多样的,而对于社会关系所进行的法律调整的方式也不可能是单一的。因此,任何一种类型的法律体系中,都必然存在着相对独立的不同的法律部门,既包含各种实体法,也包含程序法;既融合诸法于一体,又作用于

---

[1] 张晋藩:"再论中华法系的若干问题",载《中国政法大学学报》1984年第2期。

七、感恩法史专业

不同领域。这是基于社会关系的多样性历史形成的,并不取决于统治者的意愿。至于采取哪一种原则、形式来编纂法典,却是立法者根据统治阶级的需要,在实践经验的基础上有意识活动的结果。因此,不能以中国古代没有编订独立的民法典便断言中国古代没有民法……中国古代的法律文献中虽无民法一词,但有关钱债、田土、户婚等民事法律规范,或规定于历代法典当中,或自成律令条例,经历了从无到有,由简趋繁的发展过程。"[1]

张先生在1989年发表的《中国法制史学四十年》一文中,再次强调了中国传统法律体系的问题:"在中国漫长的古代社会,社会关系的多样性,决定了法律内容的多样性和法律调整方式的多样性,这是不以立法者的主观意志为转移的。因此,中国古代的法律体系也是由刑法、民法、诉讼法、行政法等各个部门法所构成的,是诸法并存、民刑有分的……因此,可以说中国封建时代代表性的法典编纂结构是诸法合体,民刑不分的,但是中国封建法律的体系却是诸法并存,民刑有分的。这是两个不同的问题,不能混淆,也不应混淆。"[2]

张先生在1997年出版的《中国法律的传统与近代转型》一书中,进一步总结道:"法律体系是指由本国各个部门法构成的整体,而部门法则是根据它所调整的社会关系和一定的标准和原则划分的同类法律规范的总和。社会关系的复杂性和多

---

[1] 张晋藩:"论中国古代民法研究中的几个问题",载《政法论坛》1985年第5期。
[2] 张友渔主编:《中国法学四十年 1949—1989》,上海人民出版社1989年版,第137页。

样性，决定了调整方式的复杂性和多样性，从而形成了不同对象的若干部门法，它们是构成法律体系的各个相对独立的部分。由于形成法律体系的基础是社会关系，因此它是客观的社会发展的结果，而不是任何人主观意志的产物。至于一部法典采取哪种体例与结构形式，是立法者主观决定的，是立法主体的立法思想、立法原则与立法技术的具体运用，是反映当时的立法水平的。因此法典的体例与法律体系是完全不同的概念，二者不能混淆，否则便会产生以此代彼、以此为彼的误解……那种从中国古代代表性的法典的体例与结构出发，断言中国古代只有刑法，没有民法，无疑是混淆了法律体系与法典体例两个不同概念所致……中国古代法律体系是由若干部门法，如刑法、民法、行政法、诉讼法所构成的，是诸法并存的，也是民刑有分的。至于一部法典所采取的体例，或者是混合编纂，即所谓'诸法合体，民刑不分'，或者是单独编纂，那是立法技术问题，是特定时代立法者的选择，当然这种选择也受到法律调整的需要和时代的制约。"[1]张先生在《中华法制文明的演进》等论著中，对中国传统法典与法律体系的问题均有专门论述。

以上论述，是张先生近三十年来关于"诸法并存，民刑有分"理论的主要观点。在我看来，张先生提出的这一理论及其论述主要具有以下意义：

第一，在理论上发展了近代学者的相关认识，提出了理论概括性更强的观点。沈家本、梁启超、杨鸿烈、陈顾远、戴炎

---

[1] 张晋藩：《中国法律的传统与近代转型》，法律出版社1997年版，第310~311页。

辉等学者都认识到了中国传统法律不只限于刑事法律的内容，还包含有其他部门法和专门法的内容，但没有在理论上提出高度概括的观点进行总结。张晋藩先生提出的"诸法并存，民刑有分"的观点，是对中国传统法典和法律体系认识的高度的理论概括，是对近代学者相关认识的重大发展。

第二，改变了中国法制史研究长期集中于刑事法史领域的局限，促进了中国法制史研究在更多领域的展开。1979年中国法律史学会年会后，中国法制史教材和教学在一些大学院校里，一度只限于中国刑事法史方面的内容。张先生提出的理论、撰写的著作和主编的教材，突破了中国刑事法史领域的局限，促进了各种部门法史和专门法史研究的展开。近年来出版的数种中国民法史著作和其他部门法史著作，都在不同程度上受到张先生提出的"诸法并存，民刑有分"理论的影响。这种影响不仅反映在部门法史的研究方面，而且反映在中国家族法史、中国民族法史、中国行会法史等各种专门法史的研究方面。

第三，改变了否定中国古代存在民法的观点影响突出的局面，促进了中国民法史研究的发展和深化。近代以来，一直有否定中国古代存在民法的观点。20世纪80年代至90年代，否定中国古代存在民法的观点在法史学界影响很大。张先生提出"诸法并存，民刑有分"的观点，并撰写了一系列中国民法史方面的论著，深化了学界对中国民法史的认识。

有必要补充说明的是，张先生提出的"民刑有分"的理论，除有历代法制史料的根据之外，还有近代民法学家的相关论述作为依据。胡长清在1933年出版的《中国民法总论》一书中认为：汉代的九章之律，在《法经》的六篇之上增加了《户》《兴》《厩》三篇，户婚之事入于律。《大清律例》的"《户律》分列七目，共八十二条，虽散见杂出于刑律之中，然所谓户役、田宅、婚姻、钱债者，皆民法也。谓我国自古无形式的民法则可，谓无实质的民法则厚诬矣"。[1]史尚宽在1937年出版的《民法总则释义》一书中认为："盖吾国法书，本以辅翼礼教，礼教所不能藩篱者，然后以法律正之。清之律令，渊源明，明之律令，渊源于唐，唐之律令，渊源于隋，隋本于北齐、后周，卒皆形式稍变，而用意不变。偏重公法之制度，而私法关系，大抵包括于礼制之中。然亦有私法关系为法书规定之内容者。如所谓户律、婚律、户婚、户役、田宅、婚姻、钱债等篇目是也。此种法条之规定，且有随时代增详之趋势，可谓皆民法也，不过混杂于刑法之中，且未见其发达耳。谓我国无形式的、完善的民法则可，若谓无实质的民法，则厚诬矣。"[2]

总而言之，张晋藩先生在中国传统法律体系的认识中，进行了更高程度的理论概括，提出了有广泛影响力的学术观点，改变了中国法制史研究长期集中于刑事法史领域的局限，促进了中国法制史研究在更多领域的展开；改变了否定中国古代存在民法的观点影响突出的局面，促进了中国民法史研究的发展和深化。张先生的论述对中国法制史研究领域的拓展和理论水平的提高产生了重大的影响，值得我们认真总结。

---

[1] 胡长清：《中国民法总论》，商务印书馆1933年版，第14~15页。
[2] 史尚宽：《民法总则释义》，上海法学编译社1937年版，第41页。

七、感恩法史专业

中法史必读书目十五种*

  法制史学界的老中青学者都有开过书目的，蒲坚老师开过的参考书目已印在书上了。近期我在网上看到有一些中年学者、青年学者，也开了一些参考书目，开得比较多。我都要退休了，在这个课上还没有开过参考书目，所以也想开一个。我开的这个书目跟其他的有一点不同，是我把这个书目分成了三类。

  第一类是精读书目。我指的精读书目是这一类书要反复读。每一句话都要读得"知其然"，甚至"知其所以然"。这肯定是一个很高的要求，像这种精读的书目，我虽然列举出一类来，但是在法制史这门学科里，一本书的每句话都那么精读了，我还没达到。我是把它作为理想目标提出来。有的文章是精读过的，一本书里说的每一句话，就不一定都值得那么读了，但是像《唐律疏议》的名例篇、《汉书·刑法志》《晋书·刑法志》前面的导论，涉及律学部分，这些部分是需要抽出来精读的。精读的书目，我觉得不要太多了，不要超过十种，因为我觉得太多了，就很难读得那么精。只有《老子》那种书，才可以达到每句都需要那么精读，其他的古籍，很难达到每句都需要那么精读，下那样的功夫。当然，那些搞文献注释

---

* 2017级法大法史学博士生专题课，申巍博士根据录音整理。

的学者可能注释哪一本,哪一本就需要达到每一句都精读。

第二类是必读书目,我今天给大家介绍的必读书目限定在20种。这20种必读数目,不是说每一句话都要弄懂,都要"知其所以然"。必读书目里面要选一些重点部分重点章节来读,实际上带有很大的选读性质。

第三类是泛读书目,我没有限定数量。有博士生到我家串门,问读书的体会,我就说"精读要精,泛读要泛"。意思是说,精读的书要少,但是一定要读得精,泛读的书要读得越多越好。泛读的书目甚至不一定要限制在法史学科,文史哲政经法,甚至其他多种艺术类、科技类的书,都可以在泛读的范围内。在我的微信朋友圈里,可能你们会注意到,我差不多每天都要淘一本书,我淘的那些书乱七八糟什么都有,都是属于泛读类的。

我把必读书目列了20种,我现在作一个简介。我本来想把这个书目打印在书稿上面,我这个手最近扭伤了,连写字都非常困难,所以我就没打出来,我发给你们的那个提纲后面有空白,你们就记在空白处吧。

必读书目的第一种,我列的是《尚书》,第二种是《易经》。书经和易经,这两种书不仅仅是法制史的书目,按照现代学科的分类,文史哲法政经里面的内容都有,它是综合性的书,它里面涉及法律史、法律思想史的内容,可以说是我们汉语法学的源头性的书。因为甲骨文、金文里面没有太系统的完整的篇章。《尚书》和《易经》里面有一些完整的篇章,尤其是解释的部分。它们作为汉语法学的源头,不一定每一句话都要读到,但是涉及法学的那一部分,可以抽出来看,比如说

七、感恩法史专业

《尚书》中的《吕刑》,《吕刑》这一篇可能要抽出来。要是我在本科的时候有人这么提示我的话,我可能觉得《吕刑》这一篇都应该背下来。后来只是大致知道里面的明德慎罚、世轻世重等思想。这两篇综合性的汉语法学源头典籍,我建议大家看的时候,主要是注意它里面涉及的法律的基本问题,就是涉及法律与道德的关系、法律与宗教的关系、法律与习俗的关系,看这两本书里它是怎么论述的、表述的。它表述的是很早的从思想角度认识的这些基本关系,不管你现在研究什么法制史专题,还是其他现代的法律问题,这些基本关系都是最基础的问题,最基础的问题就具有普遍的价值。另外需要注意这种综合典籍,是怎么论述法律与国家的关系,还有法律与家庭的关系、法律与个人的关系。这些也是法学方面的基本问题。不管你研究什么朝代,都应该注意这些基本关系,就是我刚才说的法律与道德的关系、法律与宗教的关系、法律与习俗的关系、法律与国家的关系、法律与家庭的关系、法律与个人的关系。划分的标准不同,但都是基本问题。《尚书》《易经》不同程度都谈到过。《尚书》《易经》现在都有人写出单篇的论文来,在网上一查就可以看到,他们都是抽出一部分法律问题来谈的。但是我刚才说的这几方面,是不是都写全面了,新的文章,这几年我没有看到。

第三种是《周礼》。《周礼》这本书,尽管它的内容,大家没有确定统一的意见,它哪些是西周的,哪些是后来加上去的,还没有形成统一的意见。这本书是何种法典性质,大家也没有统一的看法。但是这样一本记载典章制度,也是属于汉语法学源头的著作,它对后世影响太大了。从政治影响上看,王莽改制、王安石改革受其影响很大;从立法方面看,它对后世会典编纂影响太大了,对《唐六典》《明会典》《清会典》,影响太大了。所以《周礼》是一个必读的书。那么厚也不一定每句都精读,《周礼》的《秋官》篇,跟《尚书》的《吕刑》篇,集中讲法律的,就像单独提出来,比一般的内容要看得认真、仔细一些。就是我刚才说的如果是在很年轻的时候,在大学时代,我觉得就是要背的,如果是做这个学科研究的,以后你研究什么问题,就要想起来它在哪。

我们看到老一辈历史学者超过现在的,就是因为他们小时候都是读过四书五经的,有的内容是背过的。郭沫若到日本考古,他能想起他小学时读书的内容,在什么地方,他一下就跟甲骨文、金文发生联想。这个联想很重要啊,那一代学者的这种童子功,是我们新中国以来的历史学者所没有的。我到大学慢慢接触这些书之后,摸爬滚打地都要到退休了,这才发现这些书里哪些要精读,哪些部分应该读到什么程度。对于我来说,到50岁以后,这个重要性我才逐步认识。

在我上研究生的时候,虽然没有现在要发两篇论文这样的压力,但是总是希望赶快把这个专题研究发表,所以很早就忙着写一个很小的专题,那个专题也发了,但是像这些源头的著作,实际上没有下功夫细读。现在回过头来看,这就是影响根底的问题。还有那些现代的著作,我现在回头来看,花费的时间太多了,是不值的。要花费,是应该花费在原典细读上。除了你研究的问题,你可能研究的是很小的问题,研究清朝的问题、民国的问题,看一手材料,这个肯定是要花很大功夫的。

除了你研究这个问题之外,其他任何的近代以来的著作,真是都值不得你花这个原典的功夫,这个是我现在回头这么看的。因为原典是一个源头指导,是给你一个知道演变根底的问题。

前年有一个法大的硕士生,我上课的时候,看他好像很喜欢古文,他跟我联系想读博士,我就建议他写《周礼》对传统法制的影响,主要就是要他把《周礼》与《唐六典》、明清会典的关系,整个地写清楚。他觉得压力太大了,说他完不成这个任务,干脆连博士也不考了。所以我没有招到这样一个具有耐力、功夫的研究生来攻克这种课题。但是我认为《周礼》对传统法制的影响,这个是一个很大的、值得研究的课题。每一部法制经典对后世法制的影响,都可以写博士论文,在我看就是这样。只不过是书经、易经就更难,《周礼》内容相对还集中,都是一些典章制度。

第四种是《礼记》,《礼记》解释义理的内容多,它代表了中国古代的思想,包括古代的法律思想的认识水平。你们应该也是了解的,到了唐朝,《礼记》都提到了很高的地位了。《礼记》那么多篇,也不是说都精读,所以我说这个"必读",就是你必须了解这个意思,精读你还得往里选篇章。

第五种是《荀子》。《荀子》的重要性,我是在本科的时候上张国华先生的法律思想史课,听他介绍的。谭嗣同说:"二千年之政,秦政也;二千年之学,荀学也。"这个话给我留下很深的印象。

秦朝以来的政权体制就是秦朝的模式,从秦朝以来的政治法律思想占主导地位的不是孔子、孟子的,是荀子的,荀学也,主要是儒法合流的思想。孔子、孟子、《论语》还是儒家的思想，法家的思想没有包含进去。荀子是儒法合流的奠基人。所以他的礼法结合、儒法合流的思想，就值得我们精读了。

这五种我是觉得不光读博士，就是只要了解中国法制史的，甚至不读法制史的，要了解一般中国传统文化的，都应该是一种必读书目，只是个人选择的重点不同。偏重政治的选政治，偏重道德的选道德，偏重法律的选法律，各有侧重。

第六种是《汉书·刑法志》。大家知道十多种刑法志，《汉书》是第一次有刑法志，《史记》里没有。《汉书·刑法志》已经写了汉朝以前的法律制度的源流、演变、利弊得失。学界有些已经把这个看作是中国法制史的第一篇著作，因为《吕刑》是记西周当代的法律制度为主，源流还没有写那么多，《汉书·刑法志》是明确地从历史角度写的。所以我把它看成第一部中国法制史的著作。但是这个法制史著作是附在历史书里面，附在《汉书》里面。所以说法制史是史学的分支，我想就是指这个，因为它是附在纪传体史书中的一部分，后来尽管有典制体史书、编年体史书，法制史都还是其中一部分。所以一直对法制史学科性质说是史学的分支，我想主要是指这个传统，因为它本身就是列在史学系列里。要是按照后面经史子集编排的书目，它也是列在史部里头。所以史学法制史这种认识、观点，是以客观存在的历史著作来看的。《汉书·刑法志》已经受儒家思想的影响了，所以书里贯穿儒家的指导思想，一直影响后面的刑法志。大家可能都已经了解这些知识，我只不过是介绍了这本书，新的一点认识和旧的一点认识，我都结合起来说一下，也许你觉得这个我早已知道了，那就略为

七、感恩法史专业

参考。

第七种是《晋书·刑法志》。《晋书·刑法志》对我们了解中国法制史,从它内容上在我看来是比《汉书·刑法志》更加重要,尤其是对我今天讲这个法律体系综论更重要。因为大家看到《晋书·刑法志》,《法经》的篇章体例,以及《法经》中的具律与各篇的关系,以及一直到后面刑名法例与各篇的关系,《晋书·刑法志》第一次论述了法典内部的法律体系的关系,上升到理论化高度,这就是我讲的传统法律体系,《晋书·刑法志》现在看来就是比较早的系统的法律体系材料,所以我讲这个书目是更重要一些。

还有就是《晋书·刑法志》记载的,张斐解释法律的一些材料,张斐解释了20个名词,这个代表着唐朝以前的法律解释学的理论水平,现在没有更丰富的资料,把唐朝以前的一些解释材料,集中在《晋书·刑法志》里记载下来。现在可以看得到郑玄的一些解释,《晋书》集中解释的就是律典。所以《晋书·刑法志》,我列在必读书目里,像其中这些部分就是要精读了。那20个名词解释,差不多在本科时候就会考试,我说这就是要背的,你一看到唐朝的刑法,就想起在《晋书·刑法志》的什么地方已经讲到了那些法律的原则。

第八种是《唐律疏议》。这个不用多言了,因为这是第一部系统流传下来的法典,《唐律疏议》的解释代表着整个中国古代律学的水平。不光是了解《唐律疏议》,《唐律疏议》相关的著作你都得了解。要说读古代法典下功夫,这个《唐律疏议》,就值得精读。但是《唐律疏议》12篇500条,不是每一篇每条都精读,第一篇《名例律》得精读,《名例律》里面的基本原则。还有《唐律疏议》相关的著作,现在比较权威的版本,像刘俊文的《唐律疏议笺解》、钱大群老师的《唐律疏义新注》,即使你不研究这个朝代,研究其他朝代,都需要当作基本功来掌握。

有些好像只介绍刘俊文这个历史学家的《唐律疏议笺解》,考得很细腻,钱大群老师的就没怎么介绍;有些介绍钱老师的,好像这个《唐律疏议笺解》就没怎么介绍。这两种,我们对照地看,那是各有千秋。刘俊文对历史沿革考察得很细很权威,钱老师把500条相互关系的横向的法律关系考察得很细,从法学、法律体系这两个角度。所以这两部,钱老师的《唐律疏义新注》和刘俊文的《唐律疏议笺解》,是不能互相代替的。

还有华东政法大学王召棠老师编的《唐律疏议译注》,出得更早,在翻译上也有他的特点。《唐律疏议》研究的著作太多,但是我们主要就是看刘俊文和钱大群老师的两部著作。戴炎辉的《唐律通论》,我后面还会提到。

《唐律疏议》这样的法典,不只法典本身,相关最重要的著作都成为我们学这个学科的基本功了。你如果研究清朝的问题,应该回头研究一下、比较一下,把唐朝的能够联系起来,这就是源流的问题。

第九种我列的是《大清律例》。《宋刑统》和《大明律》,我没列。因为它对《唐律疏议》有些继承,还有《大明律》体例已经被《大清律例》继承下来了,《大清律例》可以说是传统律典的一个总结性的著作。把《唐律疏议》那些解释减少了之后,它增加了很多条例,用条例起补充和解释作用,就值得专门研究了。

第十种是沈家本的《历代刑法考》。我把《汉书·刑法志》说成是中国法制史的第一部著作，是属于史学的分支。《历代刑法考》，我看就是中国法制史作为一个独立学科的标志性的著作，在我发表于1997年《中外法学》的《20世纪中国法律史学论纲》那篇论文中，我是把它定位为中国法律史学具有独立品格的奠基性的作品。为什么这么定位？就是前面的《刑法志》，是附属在纪传体史书里的。典制体，像《通典》《文献通考》，属于典制体史书，还有编年体史书，都是历史学的一个分支。但《历代刑法考》已经不是列在历史学的一个分支里，当然这时已经到清末，编书的体例也不同了。《历代刑法考》主要是讲法律的问题，不光是法律的源流演变问题，还有法律的相互关系问题、作用问题、效率问题，还有少部分与西方法律的比较问题，都涉及了。我写的《20世纪中国法律史学论纲》，被我收在《中华法系的再认识》这本书里。有些人看过，当时就有人提出来，怎么光写沈家本，没写梁启超？这个我到后来——2003年，高等教育出版社让我编本法律思想简史，我写梁启超的法律思想才补救了这个不足，把梁启超关于法律史的认识写在著作里。我后来又特别说明了当时为什么只写沈家本，没写梁启超。因为当时就听到有一些人说，梁启超早期的法史著作里有很多都是抄日本学者的，但是我又没怎么看过日本学者早期的著作，也不知道他究竟是抄的哪，或是改头换面写的。这样我评价梁启超，就无法说清楚他跟日本学者著作的关系，哪些是转述过来的，哪些是他亲自写的。当时看到梁治平写的文章里说，有的法史学者写中国法制史学的奠基人，写沈家本，没写梁启超。

范忠信整理梁启超的论文，他写了一篇《认识法学家梁启超》，但是法制史这部分写得不多。在我写的那个教材里，教材有20万字，2万多字写梁启超，显然我对梁启超这一部分是下了功夫了。我写时看到了日本浅井虎夫的著作，还有其他法史著作，已经翻译过来了，介绍过来了。我拿着对照看，这个还不能说梁启超照抄啊。还有到日本的留学生写梁启超受东学的影响，主要是讲政治学、经济学的影响，法律这方面写得少。我自己读了之后，觉得梁启超对《历代刑法志》《十通》这些著作，是很熟悉的。《十三经》，他在很年轻的时候，就看了，就知道了，他哪用抄他们的？所以他参考过日本学者引进西方法律的一些思想，如穗积陈重的《法典论》，有些理论性的东西，他参考了。材料这些东西，他自己可以很方便，就把《历代刑法志》，还有《十通》这些书找来，就写成法制史了，他还用照着抄他们的？所以没有认同这种抄袭的观点。后来我做了补救，在书里说明当年我没写梁启超的原因。

所以一个长期搞一个学科的人，对自己过去写的著作论文继续写下去可以补救。你如果不是长期研究，中断了，就是一个认识缺陷。梁启超用西方法学理论、日本法学的一些成果来解释中国传统法制，他是重要的奠基人之一。《历代刑法考》之前，薛允升写了《唐明律合编》。所以我把沈家本的《历代刑法考》视为是中国法律史学作为独立学科的一个标志性的作品。他这部书出来，中国法制史这个学科，有了自己独立的品格。

我在我的文章里，是不赞成法律史是历史学的分支这样的

七、感恩法史专业

说法，我认为它已经是一个法学的基础学科了，就是和法理学、法社会学、法哲学并列的，就是一个法学的基础学科。史学的法制史，法学的法制史，现在已经形成了一种概念化的、不同的看法了，现在成了两个概念。

历史学根深源长，很早就形成了很多稳定性的、规范性的、原则性的学术著作，都有章法可循。法史学还没有形成历史学界那样的公认的、普遍的，用现在时髦的话说，就是研究范式。所以学术评价就会不一样。尤其是搞历史文献学的，读懂一点就是一点，实打实的，但从理论思考，就更难。我个人对考据或综论，没有偏重，但我个人认为综论很难，综论要立得住更难。

第十一种就是瞿同祖的《中国法律与中国社会》。他在40年代就写了，出版了，他从社会学角度来解释法制史，差不多又是开创性的。这个书现在已经成了经典著作，影响很大了。瞿同祖的《中国法律与中国社会》，我没有达到逐字逐句都推敲了，像我刚才说的每一句都读了，知其然，又知其所以然。一段时间读这一部分，一段时间读那一部分。1998年，中国政法大学出版社给瞿同祖先生出法学论著集的时候，我出于对这个著作的崇敬，认真校对了其中婚姻制度的部分，校对部分当时肯定是读得很细。这个书大家了解已多，不用多说了。它的研究方法的角度（它现在的影响中国学者写的翻译成英语的法制史著作），恐怕他这个应该是第一的地位。瞿同祖先生这本《中国法律与中国社会》被引用得多，西方汉学者研究法制史的时候引用得多。

第十二种是戴炎辉的《唐律通论》。《唐律通论》又出了新的版本，黄源盛老师送了我一本，我现在看这本多了一些。戴炎辉的《唐律通论》是用现代法学方法来解释中国古代法典的一个典范。《历代刑法考》还没有完全能够用现代法学解释，而它用传统律学的那些观点，或者是传统典章制度的那些观点解释法制史。但是《唐律通论》的解释，我们注意它的解释很有分寸，不是完全套现在的部门法体系。

以前听到有人说《唐律通论》写在仁井田陞的论文《唐律通则性研究》后面，仁井田陞的那篇论文字数将近 10 万，相当于小型著作。有学者说戴炎辉受仁井田陞影响很大，或者说有一部分相近的东西。但是我对了一下，仁井田陞的《唐律通则性研究》是一个刑法理论性论述很强的，综论性很强的著作。戴炎辉先生的著作是既有考证又有综论，下了大功夫的。他后来又著有《唐律各论》。学者认为法制史著作那么多，但真正有传世影响的，还是首推戴炎辉的《唐律通论》。

第十三种，我选择的，就是张晋藩先生主编的《中国法制通史》。差不多就是中华人民共和国成立以来的、比较优秀的法制史学者的成果都集中到这个通史里。通史十本这个必读书，我没有做到精读，我说的是逐字逐句地读。但是，《中国法制通史》那个导论，就是张先生写的导论，涉及他对整个中国法制史学科的看法，你们要细读一下。他跟其他地方张先生对整个中国法制史的那些论述的联系性，对这个学科总体的认识，对张先生的学术特点的认识很重要。

《中国法制通史》的明朝卷，是我作副主编，清朝的民族法律这部分，我也写了一部分，所以我参加的是两卷。我写的是明朝立法概况这部分，这个概况写了 3 万多字，实际上就是

七、感恩法史专业

今天我跟你们讲的法律体系的部分内容。我之所以有资格来讲,就是因为那是一个基础性的研究成果。我当时申请司法部的项目,就是按照立法思想、立法体系、立法解释、立法作用这个体例构建的。那个时候给的钱少,只给了5000块钱。我把那5000块钱买书买完了,后来也没有钱出书了,就把那3万字放进这个书里。这是我做法制史学者唯一的、我自己申请下来的项目,就叫《中国立法史研究》,那是1997年。到2002年评博导的时候,刚好还在5年之内,还有效,5年之后就作废了。它就3年,满了可再延期2年,我延期了2年,到2002年。如果我这个项目做废了,我就不能做博士生导师了,到今天我也不能跟你们见面了。5000块钱在1997年也算不错了,但是要出书不够。

我后面这两个项目,就是教育部的基地项目,2007年的项目和2016年的项目,都是张先生支持我申请的。

第十四种,是张国华先生主编的《中国法律思想通史》。这两部通史都是中华人民共和国成立以来的具有代表性的、集中很多学者力量来做的。《法律思想通史》是山西人民出版社出的,后来也全部出齐了。[1] 这书的导论是张国华老师写的,你们看书都要注意,导论部分是他积累了半生的主要见解,就是我说的综论性见解,他都写在里面了。张国华老师自己写的《中国法律思想史新编》那个小本的教材,在我们本科时候讲课用,它的导论部分实际上影响了我们整个法制学界很多的看法。就是说中国传统法律文化,皇权至上,德主刑辅,宗法色

---

[1] 经整理者查找孔夫子旧书网,《中国法律思想通史》已经出版齐全,共4册,11卷。

彩浓厚，他总结了四五个特点，后来发现这几大特点，大家基本上达成了共识。在他之前，瞿同祖对法律儒家化已经谈到了一些认识。所以你们看每一本书都要注意它的序言部分，这个序言，包括对这个书的主要认识。

第十五种，前面是书为主，我觉得还是要选一本论文集。论文集现在太多，我反复掂量了一下，还是选刘俊文编的《日本学者研究中国史论著选译》那一册。刘俊文编这个书，日本法制史学者老一辈的仁井田陞和滋贺秀三，权威性的学者的论文，选了好几篇。我刚才说的仁井田陞写的《唐律通则性研究》，那个近10万字的论文，全部都翻译选在里面了。我前几年给研究生讲课，讲唐朝的立法，就拿着仁井田陞、戴炎辉、刘俊文的书，对照着说。杨一凡老师又主编了一套四卷本的《日本学者中国法制史论著选》论文集，这个选得就更多了，那么厚。

在上个星期，我到海淀图书城，看到杨一凡老师主编的四卷本的中华书局出的那套，打六折在卖。我把它买来了。我把这四卷本的论文目录看了一下，最后觉得我还是选刘俊文这一本。一个是数量少一点，一个就是仁井田陞和滋贺秀三的长文，都在里边。仁井田陞的那篇论文太重要了，让我说，法制史成为独立学科以来选十篇论文，仁井田陞的就要选择在这十篇之内，其他再有多少，都在这十篇之外。

法律史学的分类认识[*]

古代法律体系综论的题目交流多年了，每年的内容都有些变化。今年增加了法律史学分类认识的内容，是关于法史学科的体系问题，也是认识法律体系的法史基础问题。为什么要增加这一节内容呢？我看到许多法史学论文，经常是从某一个点或某一个方面选择题目，很难多角度、多层次地认识法律史学，很难认识立体的法律史学，论文往往限于直线式的平面式的法律史学认识。为了认识法律史学的各个方面，认识立体的法律史学，我根据法史学界的研究情况，把中国法律史学分为六类认识。

一、根据时代分类

一般分为法律通史和法律断代史。法律通史的代表作是张晋藩先生主编的《中国法制通史》和张国华先生主编的《中国法律思想通史》。从学科体系看，主要注意通史的分期问题：在何种理论指导下论述分期问题；哪些朝代合在一起写，哪些分开写；其历史依据是什么；法律依据是什么。

民国时期的法史名家陈顾远和杨鸿烈关于中国法制史和中国法律思想史分期的论述值得特别注意。陈顾远在 1934 年出

---

[*] 2020 年 10 月 29 日下午，法大法史学博士生专题课，笔者最后一课提纲。

版的《中国法制史》和1964年出版的《中国法制史概要》中,都专门谈了法制史的分期问题。段秋关老师为商务印书馆新出版的陈顾远的《中国法制史概要》写的经典导读中,专门评论了陈顾远的法制史分期论述,和对他写法制史著作的影响,值得细读。

1997年《中外法学》第3期发表了我写的《二十世纪中国法律史学论纲》,该文中我专门评述了陈顾远关于法制通史分期的观点:陈顾远提出了三项应当遵守的原则,一是"不应妄依朝代兴亡而求中国法制之变迁"。他认为:"历代法制彼此相应之点,密密相接,如环无端,实居其大部分",如果一律依朝代横断为书,则难于会通古今,认识法制演变的连续性。二是"不应专依或种标准而言中国法制之变迁"。他认为,在中国史的分期还没有统一的认识标准之前,如果要说明中国法制变迁的阶段,只有暂时从法制本身的性质去考察,即"从中国法制之变迁中,求中国法制史之阶段"。三是"不应偶依个人主观而述中国法制之变迁"。他批评了当时有关中国法制史分期的若干主观性的见解,提出了自己认识中国法制演变的主张。他认为,就整个中国法制史而言,其变化主要有三种,即"变法"之变,"法统"之变,"律学"之变。这三种变化是各种法制变化的根本。其中,变法之变是最大的变动。变法无论成功还是失败,在中国法制史上都有重要的意义。"成功,则开展百千年法制之局面,不成功,亦有其彪炳之事业,为后世所深思者在。"他认为中国法制史上最大的变法是秦商鞅变法和清末变法,其次是汉代王莽变法和宋代王安石变法。法统之变是较小的变动。他论述了从法经到秦汉律一直到

七、感恩法史专业

明清律的变化情况,就以律为代表的中国古代法律系统的演变提出了具体的看法。关于律学之变,他认为,了解律学的盛衰,有助于推知法律的兴替;了解律家的派别,有助于认识法律的精神。他在系统地考察了律学演变的轨迹之后,精辟地总结说:"故自法学之衰,继以律学,律学之微,沦入刑幕,此实数千年来之最大变迹也。虽然,刑幕之为人鄙视,律学之终归不振,则又与法学之自秦以后,不再兴盛,有其绝大关系。法学何以一败至此?当然不外受儒家思想打击甚深所致。因之,后世之法,虽具有所谓法家思想之形骸,而其精神在大体上则皆儒家思想化矣。此种结果之价值估定,正自难说。然儒家思想影响于中国之法制,使其卓然成一法系,则为事实。"陈顾远关于变法之变,法统之变和律学之变的精辟论述,至今仍值得法律史学者格外重视。

这是1997年我的论文的转述和评论,今天再强调三点:其一,陈顾远重视认识法制演变的连续性,反对依朝代兴亡而求中国法制之变迁。这是很有道理的,但要注意:朝代兴亡是客观的历史存在,依朝代分期就是尊重历史的客观性。只要我们把各个朝代有联系的制度和变化了的制度都分专题说清楚,依朝代分期,朝代为纲制度为目仍是当代很多法史学者采用的著作体例。需要说明的是,哪些朝代主要制度继承为主,可以合在一起写。哪些朝代主要制度变化较大,应当分别撰写。都要说明理由,解释清楚。其二,陈顾远主张"从中国法制之变迁中,求中国法制史之阶段"。这突出了法制史的学科特点,应当继续坚持这种认识。其三,陈顾远认为"法统之变是较小的变动",只注意了律典系统的变化,没有注意会典系统的变化，是其不足之处。

杨鸿烈根据中国法律思想演变的特点，并结合各个时代学派的变化情况，将中国法律思想分为四个时期：殷周萌芽时代、儒墨道法诸家对立时代、儒家独霸时代、欧美法系入侵时代。这种分期法，至今仍受到中国法律史学者的尊重，并对当代中国法律思想史教材体系的安排产生了影响。但要注意，其所说"儒家独霸时代"，"独霸"一语概括有差误，应是以儒家为正统的时代，还吸收了法家、道家等多种学派的观点。当代法律思想史著作对此已有更正。

新中国学者进行法史分期研究的基本理论是五种社会形态的理论。1985年之前的法史学论著是在五种社会形态理论的支配下分期的。这在大学法史学教材体例的安排上表现得最为突出。五种社会形态理论对揭示不同历史时期法律的本质和特点，有其深刻之处。但难以解释不同历史时期法律的继承性和相同性。认为中国奴隶社会的礼的基本原则、刑法的主要原则、婚姻继承制度的主要原则，在中国封建社会里形式上变化不大，也没有本质的变化。五种社会形态理论割裂了不同历史时期法律的连续性，并造成了很多法律史论著以论代史的缺陷。近年有的法律史论著用传统法制和现代法制的分期代替五种社会形态理论的分期，但对传统法制不同时期的区别，还没有公认的统一用语。有的教材用奠基时期、发展时期、鼎盛时期、继承和转变时期概括传统法制的不同阶段，也存在不符合历史实际的地方。如律典的编纂在唐朝就达到鼎盛时期，会典的编纂到清朝才达到鼎盛时期。很多制度的鼎盛时期是不相同的，是分布在不同的朝代的。

法律断代史的代表作是张晋藩先生主编的《清朝法制史》。[1]注意该书内容的分类体系，不全是按现代部门法的体系分类。有刑法、民法等部门法的内容，也有民族法、皇族法等专题法的内容，是部门法和专题法共同组成的内容体系。

二、根据语言分类

可以分为古典法律史与现代法律史。

提出这种分类的缘由是：

历代留传的法制史著述，有的是用古代汉语撰写的体现古人法律观念的法制史，有的是用现代汉语撰写的体现今人法律观念的法制史。前者记述的法制史可以称为古典的法制史，后者记述的法制史可以称为现代的法制史。这两类法制史采用的语言，在形式方面有许多不同，在含义方面有许多差异，需要认真辨析，方能沟通古今，获得确切的认识。

提出这种分类的意义是：

（1）许多重要法律概念，古今词语形式相同，含义却不尽相同，需要严格区别，才不会误认误读。如法典、宪法、刑法、判例等概念。法典的概念，见《孔子家语·五刑》："礼度既陈，五教毕修，而民犹或未化，尚必明其法典，以申固之。"此文献中所说的"法典"，是法令典章的简称，是以刑法禁令为主的单行法令的汇编，与近代意义的严密的系统性的法典很不相同。宪法的概念，见《国语·晋语九》："赏善罚奸，国之宪法也。"此中所说的"宪法"，是各种法令的统称，

---

[1] 张晋藩主编：《清朝法制史》，中华书局1998年版。

非现代意义的宪法。刑法的概念，见《汉书·刑法志》："礼教不立，刑法不明。"《汉书》中的"刑法"概念，有时是各种法律的统称，有时单指"刑罚"之意，与现代意义的刑法概念不完全对应。判例的概念，见《抱朴子》外篇《省烦》："今五礼混挠，杂饰纷错……旧儒寻案，犹多所滞……考校判例，尝有穷年，竟不豁了。"此中所说的"判例"，指各种成例、成案，非现代意义的判例。

（2）一些法律形式的解释，古代的解释难以直接转化为现代的解释，需要结合具体制度，增加解释内容，才能获得准确的全面的认识，如唐宋时期对律、令、格、式的解释。

（3）古代汉语表述的一些制度或真实存在后来消失，或出于想象原无实迹，用现代汉语难以准确转述，需要综合考察，才能获得较清楚的认识，如象刑及多种礼制。

三、根据部门分类

部门法史研究视角的选择和运用，始于20世纪初日本学者的有关著作。日本学者织田万写的《清国行政法泛论》等著作，是运用西方近代部门法的体系和理论研究中国传统法史问题的早期作品。这些著作的分类认识为梁启超等中国学者采用，成为中国现代法律史学分类的主要标准。部门法史分类的认识，既有国外近代法学分类理论的影响，也有中国传统法律史料存在特点的内部原因。中国传统社会诸法合体的法典和典制体史学方面的著作，为中国现代部门法史的研究提供了刑事、民事、行政和经济方面的法律史料，客观上形成了部门法史研究能够利用的历史基础。但近代以来，许多中国学者从部

七、感恩法史专业

门法的理论出发,大量分析评论中国传统法律史料,使中国传统法律史学带有了过分浓厚的现代色彩。有些观点如古代罪刑法定主义说、古代行政法典说、判例法传统说等,掩盖了中国传统法律史学的真相,增加了准确认识传统法史问题的难度。特别是简单地从现代部门法体系出发,随意选择分割传统法典内容和法律体系,使传统法律体系的整体性和历史性受到了破坏,导致了许多认识的主观性和结论的片面性。在中国民法史、经济法史、行政法史的研究方面表现尤其突出。我在1998年提交给南京师范大学召开的法律现代化研讨会的论文提纲《部门法史研究的改进》中,即指出了部门法史研究方法存在的问题和改进的建议。我当时认为:用现代法学知识去分析古代法律问题,首先要尊重古人的法律观念,不要随意将今人的法律观念强加于古人。其次要尊重古代法律体系和法律传统的整体性,不要抓住片段史料随意发挥,以致提出违背古代法律基本精神的论点。如中国古代法律重视个人权利之说等类。还要深化对中国法律史研究目的和层次的认识。研究中国法律史,不一定需要与现实政治相结合,与现行部门法接轨才有价值,能够提供一种了解中国法律演变过程和法律传统特点的知识,提供一种法学理论基础方面的知识也是有价值的。勉强地去发掘古代法制的借鉴价值和在当代社会的应用价值,往往会使法律史研究沦为现实政治行为的廉价工具而丧失其学术价值。同时要改变以部门法史体系一统天下的教材编写模式,增加专题法史、法社会史和法文化史方面的内容,从而丰富中国法律史教材的内容。并把部门法史研究的重心放在近现代,减少部门法史研究溯古的内容。并加强对部门法史研究的评论,减少重复研究,分清部门法史与政治史、经济史和社会史研究方面的界限,改变部门法史学附属于历史学的地位。今天重新反思法史学研究方法的改进问题,我仍然坚持上述看法。但应进一步说明的是,除要改进部门法史的研究方法之外,还要改进用现代法理学的一般概念去比附批评中国传统法史学概念的问题,如用现代法治概念去比附批评中国古代的法治概念和礼治概念方面的问题。有必要特别说明的是,尽管用现代法学知识去分析说明中国传统法史问题表现出很多缺点,但这种视角的选择和法学研究方法的运用仍是形成和坚持中国法史学独立学科品格的主要路径。引进社会学、经济学等学科的研究方法,会丰富中国法史学的研究方法,增加分析法史问题的广度和深度,但不能代替法学研究方法的主导地位,不能改变形成中国法史学独立品格的学科发展要求。[1]

四、根据专题分类

专题法史的研究,涉及面很广。有的专题是法律史上存在的专名,如律、令、格、式等。有的专题是今人提炼的专名,如家族法、民族法、行会法、契约法等。

我在1997年发表的《二十世纪中国法律史学论纲》一文中对专题法史有专门的评论:"关于法律学派的研究,已发表有研究儒家法思想、法家法思想方面的论著。关于法制人物和法学家的研究,已发表有研究孔子、薛允升、沈家本、孙中山等人的论著。关于法律形式方面的研究,已发表有研究明大诰

---

[1] 刘广安:"中国法史学基础问题反思",载《政法论坛》2006年第1期。

七、感恩法史专业

问题、清代律例关系问题方面的论著。关于专门制度方面的研究,已发表有研究秦代刑罚制度、明清司法制度、古代婚姻制度和古代监狱制度方面的论著。关于专门法领域的研究,已发表有研究清代宗族法、清代民族法和各少数民族习惯法方面的论著。专题法史的研究是根据古代法律存在的实际情况所做的分类研究,是现代法律史学研究中最为活跃的方面,也是中国法律史学发展和提高的基础所在。在专题法史方面进行系统性的、具有开拓意义的研究工作,应成为中国法律史学者的当务之急。只有在专题研究方面积累了丰厚的成果,获得了比较大的突破,断代法律史和法律通史以及部门法史的研究才会有可靠的依据和坚实的基础。现代法律史学在学科奠基工作完成之后,法律史学者要想在短期内又在宏观设计方面、体系建造方面开宗立派是十分困难的。可能要经过几代学者在专题研究方面更加实实在在的研究之后,在中观问题和微观问题方面更加细致深入的考察之后,才有希望出现新的开宗立派的法律史学大师。新的法律史学大师,一定要能整合历代法律史专题研究的成果,写出真正能够贯通古今融会中西法律史学的巨著来,才会成为世界级的法学家,才会使中国法律史学像罗马法律史学那样,成为世界法学发展的基础学科之一。"[1]

近些年专题法史的论著发表很多,超过其他分类的法史著作。我是坚持专题法史研究的,先后研究过家法族规、民族法规、民间调解、律典作用、令典作用、会典作用等专题。指导学生的博士学位论文都是专题法史方面的,题目都收录在

---

[1] 刘广安:"二十世纪中国法律史学论纲",载《中外法学》1997年第3期。

2019年出版的《中国传统刑法》的附录中了。大家可以查看参考。

五、根据存在状态分类

(一) 理想的法律史与现实的法律史

提出这一分类的缘由：

中国历史上的法制史料，有的主要反映了法制的理想，如《周礼》中的若干制度，《唐六典》和历代法典中的某些制度。有的主要反映了法制的现实，如历代特别法的许多内容和司法判决中的大量史料。如果侧重选择反映法制理想的史料研究，看到的就会主要是理想的法制史的面貌和特点。如果侧重选择反映法制现实的史料研究，看到的就会主要是现实的法制史的面貌和特点。我们既要考察反映法制理想的史料，也要考察反映法制现实的史料，才能全面地认识中国法制史的面貌和特点。

提出这一分类的意义：

（1）认识法制史料中存在的理想的法制史与现实的法制史的差异。

（2）减少片面运用法制史料得出片面的结论。

(二) 公开的法律史与秘密的法律史

提出这一分类的缘由：

在阅读中国法律史料的过程中，我们看到有的法律史料在历史上是公开的，如历代法典、法规汇编和案例汇编等，给我们展现的是公开的法律史的面貌和特点。有的则是秘密的，如某些特别法、习惯法和宫廷秘折、讼师秘本等，给我们透露的是秘密的法律史的面貌和特点。只看公开的史料,不看秘密的史料,就不能看清中国法律史的全貌和各种特点。为认识中国法律史的不同面貌和各种特点,我们不仅要认识公开的法律史,而且要认识秘密的法律史。

提出这一分类的意义:

(1)认识公开法律史的主要特点:重视法律的统一性和权威性的建立,重视法律的稳定性和灵活性的调控。

(2)认识秘密法律史的主要特点:法律的不确定性和不可预测性。

六、根据学科关系分类

现代学科发展很快,交叉学科出的新著更多。

(一)法律社会史

法史学与社会学相结合的研究,出现了法律社会史著作。瞿同祖先生的《中国法律与中国社会》树立了典范。自中国法律史学科建立以来,沈家本、梁启超、程树德、杨鸿烈、陈顾远的法律史著作,只论述成文的法律史制度,没有结合案例论述。瞿先生的著作注重成文法律与案例的结合研究,注重法律的社会作用和施行效果,使静态的法律史变成了动态的法律史,在中国法律史学发展史上有开辟新领域新视野的意义,也是法律社会史在中国的奠基著作。后来的模仿者,没有达到瞿老这部著作的水平。

瞿老这本著作的学术意义,我作过专门的论述。[1]

---

[1] 刘广安:"重读《中国法律与中国社会》",载《法制史研究》2009年第15期。

(二) 法律文化史

法史学与文化学结合的研究,出现了法律文化史的著作。近年出版不少。因对文化学的内涵和外延的认识差别很大,相关著作的内容差别亦很大,有各说各话、自说自话的特点。

(三) 法律文献史

法史学与文献学结合的研究,出现了法律文献史的著作。如果说法史学是法学的基础学科,法律文献史学就是法史学的基础学科。法律文献史的著作不只是考证材料,还要提炼出理论认识。不提炼出理论认识,就是只筑了地基,没有建成房子。

(四) 法律思想史

法学与思想史的结合研究,出现了法律思想史的著作。

(五) 法律制度史

法学与制度史的结合研究,出现了法律制度史的著作。近年出现法律思想史和法律制度史合编的教材。各有研究对象和特点,分别编写有利学科的深化。

(六) 法律学术史

法学与学术史的结合研究,出现了法律学术史的著作。中国法学史、中国律学史、中国法律史学评论都发表了一些论著。

以上各类法史论著都要接受时间的检验,接受专家评论和引证的检验,才可以确定哪些是经典,哪些不是经典。过早的过急的自称经典,或出版社为了营销宣传制造一些经典系列,都是不可确定的,需要再观察。

七、感恩法史专业

法史研究任课总结[*]

古代法律体系综论,我讲了八年了,已经出了两本书了。一本是《中国古代法律体系新论》,是在讲课的基础上编辑的;还有一本是和我的博士生沈成宝合著的《清代法律体系辨析》。两书图书馆都有了,我就不照着书再来讲一遍了。

我把自己写的论文编了一个目录,即《东斋法史文录》,今天我顺着这个目录来介绍,法律体系的内容也包含在里面。我为什么照着这个目录来介绍呢?我参加这些年的论文答辩,有些同学在选题的时候跟我选的题目或者我指导过的研究生的题目有些相近。如果是相近的题目,你就要注意前面人家已经写了什么问题,如果你纯粹不看,那么到答辩或预答辩的时候,我一看,就发现你对前面人家写的纯粹不了解。另外如果你写的是相近题目,你论述问题的角度可以不一样,你可以从你的角度来论述,但你得参考前面人家的论述。我这几十年写法史学论文,主要是以专题为方向,我也一直是以专题来指导学生论文题目的。我不是一个断代法制史专家,目标就是要成为清朝或明朝法制的专家,也不是法制通史专家。我只是一个专题研究者,我就是选择几个专题,一个一个地来写。这个专题的材料,清朝多一点,就多用一点清朝的;唐朝多一点,就

---

[*] 2019级法大法史学博士生专题课,申巍博士录音整理。

多用唐朝的。法律思想史，先秦写得多一点，晚清写得多一点，因为那两部分材料比较多。所以我的论文的题目或者专著的题目，是由材料的多少来支配的，有这么一个特点。

我指导的学生，因为是不同年代毕业的，没有哪一个能把我几十年写的论文收集起来。我大致收集了一下，只有五十来篇。在我读研和工作的时代，主要还是参加张先生的项目的时候。我在1986年上博士之后，就参加"法律史大辞典"的编写。让我编词条，我用了很长时间，边读书边编词条。大辞典编完之后，一毕业，就遇上《中华大典》这个重大项目了。这个项目用了十多年时间。记得在1997年的时候，我当时还不能招博士。张先生说，你参加这个项目，可以指挥我的博士生来查材料。但是博士生不是我指导的，在张先生那里听，到我这里根本指挥不动。1997年的暑假，我记得司法典那部分，一个暑假我剪贴了33本，一本100页，还要分类。那个项目后来把我压倒了。到了2002年，我做了7年副所长，朱师兄调走作系主任，我已经主持法律史研究所的日常工作了，马上就要转正了，但是实在是被这个压力压倒了，患了严重的带状疱疹。所以2002年我就辞去行政职务。这些论文，多数是在辞去行政职务之后写的。在这个项目时代，作一个纯学者，我觉得自己只掌握得住一半的命运，甚至掌握不住，另一半的命运是在整个考评制度和其他制约因素之下的。

第一部分，家法族规。我的硕士论文写的是《论明清的家法族规》。我1983年上硕士，1985年完成论文，1986年上博士之后就写民族立法。朱师兄写清代宗族法研究，他硕士论文就写清代族规，是在安徽写，我们互相不知道，后来知道他写了,我的博士论文就改换方向了,就写民族法了。我的硕士论文有3万多字,抽出1万多字形成《论明清的家法族规》,发在《中国法学》1988年第1期上。这篇论文应该算是我的一篇代表作了。我超过1万字的论文不到10篇,这个就是其中的一篇。这篇论文对家法族规与国家法律的关系,就是国家是怎么看家法族规的,家法族规与明清时候的刑法的关系、民事法律的关系都作了论述。前几年又看见我们这里有博士生写家法族规,他着重利用浙江的宗谱写,我利用的宗谱和他的不一样,但家法族规与国家法律的关系,与刑法、民法的关系,那些基本原则是相近的。在开题的时候,我就看他纯粹没有参考我写的,就是刚才我说的,你写同样的问题,你论述家法族规与国家法律的关系还没有前面我们论述得透彻。所以今天我介绍这些题目,意思是在这。

当时把这个硕士论文分成三四篇,发在不同的刊物上。《中国法学》现在定位为权威刊物,那个时候也就是一个专门学术刊物,也没有现在权威刊物、重点刊物的称呼。我记得是张先生给《中国法学》主编写了推荐意见:"《论明清的家法族规》是我的研究生刘广安写作的硕士学位论文,有发前人所未发之处,请你斧正!"我就拿着张先生的推荐书和论文,那时都是手稿,送到《中国法学》杂志社,很远,在五棵松那边。1987年年底,责任编辑通知我说,我们要改版,增加《中国法学》的厚度,准备给你发到明年的第一期上。还很慎重,又要再去谈一次话,再去谈的时候,还得注意他们的修改意见。主编张尚卓先生说:"你这篇家法族规,没人这么写过,我们决定用你的。以后你有好稿子再送来,一般的就不要送来

了。"听他说了这句话以后,我就再也没有给《中国法学》送过稿子,就送过这一篇。(大家笑)

另外发到《自修大学》(政法专业)上的短文。《自修大学》不是一个专门的学术刊物,就是为自学考试编的刊物,当时没有像现在这么多的教材,所以就在《自修大学》上登教材。《自修大学》的主编是北大的张国华先生,他的《中国法律思想史简编》,是给我们讲课的讲稿,是按期发到《自修大学》上,同时也作为自学考试的教材,后来他的这本书成了他的专著,也是名著。早先就是发在《自修大学》上。《自修大学》的编辑李贵连老师是张国华老师的研究生,他对我说:我们除了发教材以外,还开了两个小论文栏目,叫作《法学论坛》《法律纵横谈》,你可以把有专题性、有心得的文章发到这里。所以我就在《自修大学》上发了几篇。发了之后,在我们这儿,那个时候不像现在要求学生发文章,没有这种要求,但是有老师说《自修大学》不是一个专门学术刊物,你在这上面发,我怎么认定你这个学术价值成果?我说张国华先生的那个专著就是分段发在这个上面的,另外里面开设了两个专门栏目发这个。所以这篇硕士论文的其他部分,我把它重新作为一个主题写出来。第四篇《家法族规与封建民事法律》,发在《法律学习与研究》1988 年第 2 辑。《法律学习与研究》就是现在人大《法学家》的前身。现在《法学家》成了那么红的一个刊物,当时《法律学习与研究》还不是人大法律系自己做主独自编的,它还是和一个函授法律学院共同出的一个刊物。在那个年头,应该算是一个仅次于《中国法学》的一个刊物了。家法族规,我后来就没有再写过了。

七、感恩法史专业

第二部分,民族法规。1986年至1989年,我写了博士学位论文《清代民族立法研究》。当时的民族法规材料,不像现在,《理藩院则例》《回疆则例》都印出来了,当时找不到这么多版本,究竟有多少版本也不清楚。我们学校只有道光朝《理藩院则例》。我是到了民族大学,才知道还有嘉庆朝的《理藩院则例》,那个是社会学家吴文藻先生送给民族大学的。那时候不能复印,只能手抄。我用一个寒假抄了一本,这么厚一本嘉庆朝的《理藩院则例》。在抄的过程中,大部分就读懂了。但是我没来得及成文。在我写的过程中,也跟大师兄谈了一谈。我们这个大师兄是档案学出身,有历史功底,他是写清朝司法审判制度的,但是他一看民族立法也感兴趣,他很快就组织成一篇文章《清代治理少数民族地区的法律措施》,在《民族研究》上发表了。因为我们选的是同样题目,如果有一位先发了,后发的创新性就差了。

我们那位大师兄发的论文给了我很大压力,当时心里肯定是有点火的,你看你写司法制度,跟你聊了聊天,你就弄出来这么一篇民族立法文章来,你弄了1万多字,发到《民族研究》上,我怎么写呢?不光是他,我们所还有一个清史专家,后来做了人大、政协常委,他也对民族问题感兴趣,但对法律钻研没那么深,他在《光明日报》上发了一篇文章,倡导研究清代民族法。两个都发在我前头。我就想我不能再在那些刊物上发了,原来我肯定只是往《民族研究》《政法论坛》投稿。我就鼓足了劲,一定要往《中国社会科学》投稿,《中国社会科学》在1989年第6期登了我的这篇文章。我的硕士论文发在《中国法学》上,博士论文发在《中国社会科学》上。

那个时候，《中国社会科学》虽然没有像现在这样被定为权威刊物，但是全篇文章都翻译成了英语，发在该刊英文版 1990 年第 4 期上。这段掌故助力了我的成长，如果你的同事中没有强有力的竞争者，就不会激发你顽强奋进的。回头来看，所有竞争者都是成就你的恩人。

按照现在我们的评价标准，《中国社会科学》和《中国法学》，还有《法学研究》这三个刊物，在政法大学算是权威刊物，在这个上面发一篇就有资格申报二级教授，现在是这么规定了。在那个时候发了两篇了，连评副教授的资格都没有，因为那个时候是论资排辈。人家五十多岁都没有评上副教授，你们三十多岁毕业的，跟在后头，所以都要找评委呀。现在回想起来，贺卫方跟我一起，还有米健、卞建林、王宏治一起评副教授。我不认识江平校长，我把我的材料给了贺卫方，请他转给江校长。贺卫方是我亲自带着他到张先生家，拜访张先生的。因为张先生是评委，希望张先生在会议上发言支持。所以我和贺卫方是 1992 年评上副教授的。张先生觉得我发了这样的两篇了，他鼓励我 1991 年就申报破格副教授。我的胆量不够，没敢报。如果是人家胆量大的，破格上就上了。等到我真正有资格报博导的时候，又有新的规定出来了，必须是 5 年之内的论文，你这个早就发的论文，现在已经到了 2000 年了，过了十多年，没效了。现在给你们讲这个是想说，一方面是要认真写出你的学术成果；另一方面你的这份学术成果走到学界、走到这社会上的命运怎么样，也难于强求。因为我是一直做这一行的，今天竟然还能上博士生课，还能交代自己这样一个学术历史。我原来是想，退休以后，写《儒林内史》，把我

七、感恩法史专业

见过的名人写一下。最近我钻研《周礼》，不写那些了。这个民族立法是出了书了，1992年出书，定价4块5毛钱，一个小开本的。当时定价不便宜了。能出这个书，要感谢导师张先生，早期成长没有导师推荐，人家是不会接受的。（转身对张先生的一个学生说）你见到张先生，就说刘广安在上课的时候说，感谢您啦！（大家笑）

这个清代民族立法，经我一个同学介绍到民族出版社，放了两年，放到1991年的时候，通知我去，说你这个书得赞助三千块钱。1991年，三千块钱，我们刚毕业那会儿才八九十元钱的助学金。我拿着这个稿子就回来了。政法大学出版社的社长是少数民族，对少数民族感兴趣，经过张先生推荐，1992年在中国政法大学出版社出了。全书出了以后就不能把论文拆开了发表，所以就发了这么一篇。但这个《清代民族立法研究》，对《理藩院则例》的版本，从嘉庆朝、道光朝、光绪朝，理藩院则例的线索，相互关系，六部治藏章程、回疆则例还有苗疆的诸种法规，基本上考证清楚了。近几年不时见有重复研究，有些还重复考证苗例。重新考证也不引证我这个书的考证成果，就当成一篇新的文章，又发在了一个好的刊物上。他发了之后，没有注明你先发的论文，可能有的地方他改一下。博士论文现在都上网，所以上网是能够对照的。我今天介绍这个论文题目就是，如果前面有成果，你们如果要转述人家的，一定要注明，不能抄袭。清代民族立法研究，到2015年的时候，我用基地项目赞助出了新版本，图书馆也有。我在后面还附了一句话：我在网上看到，有的标价已经到一百多块钱。原来4块5毛钱，涨到一百多块钱，说明有的大学还用它做教学参考书，值得再出。所以这个书再版了。

下面一篇是《对凉山彝族习惯法的初步研究》，登在《比较法研究》1988年第2期。这是《比较法研究》的贺卫方老师给发的。这篇文章是在1985年的4月份，和硕士生同学郑定（已经故去了）、田小梅到凉山美姑县调查后写的。这个真是深入了基层调查。当地领导安排我们去看野生大熊猫，我们那个时代的人很老实，说我们是调查来的哪能去看大熊猫？（大家大笑）我们到了乡下，真正的民间，凉山很贫困的民间。写这样一篇文章，真是了解到了基层。再到凉山州图书馆里才发现，人家50年代搞民族识别研究，已经有好多这方面的调查材料了。与调查材料互证之后，我们写了调查报告，就是对凉山彝族家支组织的历史和现状的调查报告。我这篇文章有很多敏感的案例，那几年有家族斗殴的重大案件，这个会涉及民族问题，就没有发。这个稿子后来寄到东北的一个叫《学习与探索》的杂志，那时候没有复印稿，寄去三个月没见发，我就写信说，如果你们决定不用，就请退回稿件。编辑回信说：这种写凉山彝族习惯法的论文，没有人这么写过，我们可以用，但是敏感案例可能要删掉一点，还得延期。我说延期就免了。人家就把我的原稿退了回来。退回来我就找到贺卫方老师，我说比较法研究虽然讲中西比较研究，但是少数民族习惯法也可以用比较法，他就给我发在1988年的第2期上。后来看到清华大学的高其才教授写少数民族法制史研究回顾，知道这是第一篇万字以上的写少数民族习惯法的文章，以前都没有人从法学角度写。后来西南政法的陈金全老师对彝族习惯法组织大规模的调查，出了这么厚的书。他觉得我没有坚持下去很

七、感恩法史专业

遗憾。但是前几年，民族大学有个学生考过来，我就让她写了《清朝法律在彝族地区的变通适用》的博士论文，她已经毕业了。

第三部分，民间调解。《民间调解与权利保护》是中国政法大学出版社出的一个合作项目的一部分。民间调解写了4万多字。我一般论文只有一两万字，前面那两篇都没有超过2万字。这篇4万多字，我只写了3万多字，有1万多字是请现任法学会研究部主任的李存捧同学写的，他对实务了解得比我多。我们到顺义区很大的一个村子做过实地调查的。他写民间调解与诉权的关系。现在回头来看民间调解研究，有项目支持系统研究的，这是比较早的文章啦。后来我指导我的学生硕士论文、博士论文写民间调解，遗憾的是他们毕业之后就改行了。所以民间调解这方面的重要著作不是我们出版的，都是人家出的。这个题目虽然你看到了，但是没有成为系统的专著，你的影响力也就减弱了。去年出版《中国法律传统的再认识》，我把民间调解与中国法律传统，我写的这部分，用到里面了，作一个历史纪念。

这三部分的选题，家法族规、民族法规，都是从家族关系、民族关系、民间社会出发来选题的。你们读博士第一个就是选题的问题，我选题目，首先就是从生活出发，不是从理论出发，不拘泥于西方法学理论怎么讲，中国法学理论怎么讲。因为我从小就生活在家族关系、民族关系所在的乡村社会里，在我们那样一个很小的村子，几十年里是没有案件的，不要说刑事案件，民事案件都没有。如果一般的争吵，一个有威望的老人调解就解决了。这样的一个生活环境使我知道这样的选题，是有社会生活基础的。读研究生之后，我又看了那些对家族制度的论述、对民族问题的论述、对民间社会的论述，我觉得这种选题是有社会根基的。我把这种选题方法总结为"生活经历与文献记载互证"，把我的生活经历和调查经验、文献记载互证，把它提高到一种方法论上来认识。

第四部分，法史学术。从学科史这个角度写的几篇文章。包括写的书评，我也放在里面了。其中第一篇《杨鸿烈与中国法律史学》，发表在《法学家》1994年第3期。当时还没有人写过杨鸿烈的纪念文章，我写这个文章，主要是因为杨鸿烈是云南晋宁人。我在本科的时候，发现我们那么偏远的地方竟然还出了这么一位学者，后来一看他是梁启超的学生。有两个云南的学者，姜亮夫是王国维的学生，杨鸿烈是梁启超的学生。在《梁启超年谱长编》里，还收有杨鸿烈的信。这个就是在本科的时候引导我走入法制史的乡贤啦，所以我应该给他写一篇纪念的文章。我写杨鸿烈，完全是从正面写的，写了以后，到2000年的时候，贺卫方老师开了一个会，中山大学的徐忠明老师写了一篇文章，从负面批评，批评得很重，说杨鸿烈对比较法方法都没有了解。恰恰那天是一个很冷的冬天，十二月份，我骑自行车在路上又被撞了一下，可能心里就带着点火，衣服被刮破了，羽绒往外飞。到了那儿评议，一看他贬低杨鸿烈，我就火了，用了很严厉的词语。我的意思就是说，你不能用我们今天的比较法的观点看民国时候的学者，看他的方法对不对。如果要用今天的观点，你可以说司马迁也不行，没有学马克思主义方法论。（大家笑）《资治通鉴》也不行。但是说的语气很严厉，那次是张文显主持，现在他已经是很有权威的人物，还有张中秋也出席了。张中秋下来说："师兄，你说得太严厉了。"过后中山大学有个研究生在网上写骂我的文字，我的研究生发现，说您以后参加会议要注意，不要评得太激烈。（大家笑）

所以评议人是不容易的。后来何勤华、范忠信对杨鸿烈都从正面评价比较多。杨鸿烈的论著缺点很多，但他是开创者，开创者写得粗一点，那是肯定的。中国法律思想史是学界没有写过通史的，内容、体例都是开创性的著作，要从这个角度上认识他。也是在这篇的基础上我才写了《二十世纪中国法律史学论纲》，这是在1993年云南大学法律系让我作的一次讲座《中国法律史学的历史与现状》的基础之上写的。李贵连老师给我登在《中外法学》1997年第3期。《中外法学》还给了一个优秀论文奖。我当时就想着是不是可以把这个研究的方向写一个中国法律史学通论这样的书，实际上是做了一个大的构想。写法律史学通论，要读很多现在的书，不光阅读量很大，主要是评价就要得罪人了，这是一个难题。所以我只是写了这篇文章，后来就没有写书。但是后来参加会议，又写了《中国法史学的基础问题反思》，在《政法论坛》发的。还有《梁启超的中国法史学观》，写了2万多字，在我之前还没有人写这么多。范忠信写过一个认识，但在法史这部分没有多写。后来华东政法把梁启超的法史文章单独出了小册子。

下一篇《法史学著作的典范》，这是读滋贺秀三《中国家族法原理》后写的。我在这个时候才注意了，滋贺秀三他们研究法制史的方式和我们研究的区别。我写梁启超、杨鸿烈，也是注意了民国时候跟我们现在研究的区别。所以从学术史的角度上看有这样的认知意义。还有《重读〈中国法律与中国社会〉》,这是读瞿同祖先生的著作,不多介绍了。下面是几个书评,李贵连老师写的《沈家本年谱长编》、苏亦工老师写的《明清律典与条例》。下周二苏亦工老师要来这儿做一个讲座,我接到顾元院长的电话,让我作一个评议人。这个《明清律典与条例》,我在2000年就给他写过一个书评,所以我会把他下周讲的题目,结合这个书评来讲,如果下周你们愿意去就听一听。苏亦工老师的讲座,还是值得听一下的。还有《法史学评论的范式问题》,这个是批评徐忠明文章的,没有收入我的文集里,因为我觉得还是不要收入批评式的文章。但是作为目录,我把它放在这里了。《小议〈民本与民权〉的几个问题》,也是批评文章。我发的批评文字,都没有收入论文集。还有下面这几篇,是我这几年给博士生讲方法论课的反思。一个是《写法史学论文的反思》,发在我们院的《中华法系》第七卷了。在我写的《清代民族立法研究》再版附录里面,我把它收进去了。实际上是对写法史学论文,从硕士论文到博士论文,整个写作的一个反思。我力图把它上升到一个理论层面上来认识。

第13篇《中国传统法律体系和法律变通》,这是个讲座提纲,在我们院里讲过,又在2018年9月法史学年会上讲过。但是当时讲这个提纲的时候,没有形成文章,讲的时候也没有学生给录音,所以就失传了。现在有同学录音,记下来之后整理一下,也能形成文章。

第14篇是《学位论文的典范》,这个在政法大学出版社将要给我出版的《中国传统刑法》里,我放到附录后面了。这个是读王名扬先生的博士论文的体会。著名的行政法学家王名扬先生写的博士学位论文《中国法上公务员对行政相对人的民事责任》,这是翻译过来后我们才知道的。一个行政法学家在1953年法国巴黎大学就靠写这篇博士论文毕业,可以说这是一篇法制史论文。他写这个行政法中的民事责任,引的材料以唐律、清律,还有民国时候大理院的判例为主,这算是法制史材料的论文,树立了一个从法学角度写法制史论文的典范。如果不是对行政法钻研得那么深,提不出来那些问题。

第15篇《法史学论文的选题及论证》。这个也被我附在《中国传统刑法》附录里。这也是我这些年讲课的提纲,把它整理成文了。

第16篇《中国传统刑法的发展线索与主要特点》,这个是我在2016年承担了"中国传统刑法"项目之后,院里让我做一次讲座。这是申巍博士作的记录,她记录得挺完整。记录整理出来,可以作为文章。我本来以为今天可以拿到新书,后来上午得知还没有到。新书后面的附录部分,我准备是要复印给大家,作目录参考资料的。

这个就是我在法史学术方面大大小小的16篇文章。

第五部分,法律思想。我发了这么几篇:《儒家的家族主义》,发在《自修大学》1986年第1期,比较早了。这个是1984年上《中国法律思想史》硕士生课的时候写的一个结课作业,只有3000多字。我写家法族规的学位论文,家法族规背后的整个思想部分的材料是要自己读的。我在写《儒家的家族主义》时,才第一次把《论语》《孟子》《礼记》《大戴礼记》《孝经》,还有《颜氏家训》里凡是涉及孝的材料完全集中起来写。多年之后,我才发现有人专门将《论语》里面的孝、《礼记》里面的孝、《孝经》里面的孝写成论文。我把孝整合到家族主义里面，虽然是发在《自修大学》上的一篇小论文，但我自己认为这是我的一篇很重要的论文。后来收在《中华法系的再认识》论文集里面。

第二篇《儒家的礼治思想》。2002年高等教育出版社约我编一个教材，我在2003年"非典"期间，用了半年多时间一个人编的，就是这本《中国法律思想简史》，高等教育出版社出的那个红色封面的书，出过三版，《儒家的礼治思想》是其中的一部分。还有《沈家本法学思想近代化简议》《法家法治思想的再评说》《法典概念在晚清论著中的运用》，这几篇都是法律思想方面的选题。都是参加具体会议之后，又用在学报上的。《华东政法大学学报》给我发过三篇文章，李秀清老师作主编的时候。两篇是短文，后面一篇涉及会典是一个长的文章。

第六部分，法律体系。《中国传统法典与法律体系反思》是2010年张先生八十华诞的时候写的祝寿文章。让我写张先生关于法律体系的理论思想，要写1万字以上。我写的这篇得到了先生的认可，收入了他八十华诞论文集。这一篇我又收入了《中国古代法律体系新论》一书中。往年我就是拿这一篇作法律体系的讲稿。我的写法不是就张先生写张先生，是从清末沈家本、梁启超、戴炎辉，一直到张先生，这些杰出的人物是怎样认识法律体系的，是放在学术史里面写的。

下面一篇《中国法律体系认识的发展》，是我好几次讲这个课的讲稿和参加会议的短文组合起来的3万多字的论文，放在这书里面了。还有《中国传统律典的协调适用原则》，发在《中华法系》，我们院刊的第九卷里。这里面有一些原则，有

七、感恩法史专业

些材料是第一手发现的,有些不是,是人家论述过的。我写这些协调适用原则,"本条别有制""断罪无正条""断罪引律令格式正文""断罪引新颁律",这四大原则,多年编写法制史,并没有一个学者把它作为律典里面协调的四项重大原则集中论述,归纳到一起来综论。归纳到一起来综论就突出它在法律体系里的作用,一个是法律形式律令格式等的相互关系,另一个是律典内部的原则协调关系。所以我讲法律体系,一个是外部形式的关系,另一个是它的内部原则,内部原则主要就是这四项。这四项原则都有人分别论述过,也不是我首先论述的。所以我采取了一种学术史梳理,就是学者们是怎么论述的,再加上我自己的评议,所以在学术史梳理当中发现、提出新的问题,也是一种写法。

还有两篇综论中华法系特点和生命力的论文,也与法律体系有关,不具体说了。了解相关问题可以看看。

第七部分,法律作用。《中国古代法典作用的再探讨》,收入这个书里了。还有《令在中国古代的作用》。我不是专门写一个朝代的,因为令在中国古代的作用,资料比较多的就是唐朝,令典虽然没有保存下来,但有日本学者整理的《唐令拾遗》。我是把它与律典里相交互的部分条文,对照地写出了令在建构律令法系中的作用。我写出来之后发现,南京大学毕业的李玉生的《唐令与中华法系研究》,已经从另外的角度写了相关的问题,所以我这个文章发到《中外法学》,我特别注明阅读这个文章时候,同时要注意参考他那篇文章,看看我们从不同的角度是怎样论述的。因为我主要是从令的作用这个角度讲,还是有一点不同的。

后面的《〈大清会典〉三问》。这篇文章发在《华东政法大学学报》2015年第6期。院里开会我写《大清会典编纂的意义》，写了不到1万字，后来发现和杨一凡老师、何勤华老师、滋贺秀三都有一些辨析，我就另外又写了一部分，凑上去就成超过1万字的论文。也是为了应付考评，我就把一篇长的文章拆成两篇发。结果放了很久，没有给我发，我就问李秀清老师，她说现在编辑都是年轻人，他们看了一个说是分量尚不够，一个是有些观点不同意，可能不能发。我后来就把和杨一凡老师商榷的，和何勤华老师商榷的，还有和其他的历史学者商榷的这部分加进去，成了一篇完整的文字。这个文章在2015年我们院建院30周年的时候，我提交了。这篇论文应该算是我一生中，50岁以后的重要论文，可以和前面的家法族规、民族法规相提并论的同样级别的论文。虽然它没有发在《中国社会科学》《中国法学》上面，但是可能是在我写作的最高水平上，达到这个程度了。当然也是有意识的选择，选择跟这几位法史界的大会长商榷。《华东政法大学学报》发了以后，杨一凡先生写了一篇文章，专门谈法律体系的观点，也发在《华东政法大学学报》上。另外他的博士后在《中外法学》上发了一篇很长的文章《论大清会典》。杨老师不提我的名字，他主要阐述他的观点。他的这位博士后把我文章挑出几点来作为批评对象。《中外法学》法制史编辑正好来徐世虹老师这儿参加一个答辩。我看到他说，你发他这个文章，他批评我是没有问题的，文章就是要批评的，但是他不能把我的观点掐头去尾地批评，主要观点放在一边，次要观点拿出来批评。我说这在学术上就不是完整地引对方的观点了。他说那你写一篇

七、感恩法史专业

跟他商榷吧，我不愿写了。如果你们愿意看前面的商榷，可以找《清代法律体系辨析》这本书来看。我个人写这本书是不够的，我指导的博士生沈成宝写了《清代则例适用研究》，因为清代则例的种类不知道有多少种，近千种。他只是把最主要的几十种系统看了之后，就把则例的适用方式、适用原则、则例与会典的关系，与律典的关系的材料都考证清楚了。我把他写的这篇博士论文，加上我写的大清会典、律典的文章就合成这本书了。

第八部分，法律变通，这是我近几年思考的问题。我把以前相关的问题都合在这儿了。我写到法律体系、《〈大清会典〉三问》的时候，已经到退休年龄了。法律变通知道一些相关的问题，正常怎么适用，变通怎么适用，这是一个广阔的领域，它可以开拓出很多的问题。每个朝代变通不一样，每个时期变通不一样。但我自己已经无力再完成这么大的工程了。所以我交给现在我指导的博士生，先从清朝的法律的变通适用写出博士论文。前面一个学生写的就是《清朝法律在彝族地区的变通适用》。这个法律体系和法律变通写了之后，我自己希望在这个上面提炼出中国法律体系学和法律变通学。这种法律体系学和法律变通学不是从国外搬一套法学理论来写成法律体系学和法律变通学，而是从我们中国历代的法律形式的相互关系和法制实践、变通适用的材料里，系统研究之后提炼出的中国法律体系学和法律变通学。我是这么想的。

我们只是就清朝的核心问题写出了著作，唐朝的律令关系写出了论文，其他还有很多朝代，不是一个人的力量能够完成的。所以在年会上发言的时候，我说这不是一个人能够完成的，是法史学界要看到，从先秦一直到汉唐明清以来的历朝历代的各种法律形式的相互关系或变通适用，都有系统的论文和专著出现之后，我们对这些论文和专著再提炼之后，可能才会写出中国法律体系学和法律变通学。这种书在我的理想当中，不是一个很厚的大著作，而是像穗积陈重的《法典论》那样的一本小书。穗积陈重是世界级的法学家，他的代表作《法律进化论》是一本厚书，但是他的《法典论》不到 10 万字。《法典论》把欧洲历史上法典的编纂经验，中国律典编纂的经验，都提炼出法典编纂的基本原理。念着他那个书，并没有什么玄妙的理论，但都是在前面研究成果里提炼的。不是一个纯粹地从概念到概念、从理论到理论那样的一个著作。如果我们中国的学者能够写出穗积陈重《法典论》的那种书，我认为我们中国就出了世界级的法学家了。

七、感恩法史专业

法史学论文的选题及论证[*]

法史学论文的选题最重要的是能提出既有新意又有价值的问题，选题还要有开拓的空间，适合作者的学养和阅历，要兼顾微观与宏观的视角，兼顾内部与外部的视角。法史学论文选题的论证，第一要注意材料的准确性、系统性和典型性；第二要从多个方面论证主题；第三要概括全文要点，完成对中心论点的最后提炼和论证。

法史学论文与法理学论文和各部门法学论文的选题及论证有相通的一般的学术标准，又有非常重视史料引证的特别的学术标准。笔者试从以下两个方面简要论说本文提出的命题，略供学界同仁参考。

一、法史学论文选题的提出

选题是写各种学术论文的前提，也是写法史学论文的前提。选题的第一步是提出有新意的有价值的问题。创新性研究与跟踪性研究的首要区别，是从提出问题的新旧和准确度来判断。研究自己提出的问题，还是研究他人提出的问题？两者都可能取得成果，但成果的创新性有差距。前者是开创性论文，有可能取得第一流成果。后者是跟踪性论文，只能取得第二流

---

[*] 本文系中国政法大学法律史专业博士生选修课《法律史学科方法论》交流提纲。

或第三流成果。

数学家吴文俊先生对学术研究提出问题的重要性和创新性有透彻的说明:"我经常提到要从问题出发,不仅是数学,其他学科也是一样。我们现在经常讲创新,怎么去创新呢?首先你要能够提出问题,否则,你老是跟着外国人屁股后面跑,外国人提出问题来,你赶紧去做,就是做得比外国人好,你还是落后一步。最根本的是你能不能提出问题来,先提出问题,然后才谈得上创新。创新的主要表现是你能不能提出问题来,提出问题要比解决问题重要得多。这一步不会弄,你谈创新就是空话。要提出有意义的问题,你就要对客观的情况了解得很透,对前人的成果要研究得很深。一定要将前人研究的来龙去脉搞清楚,站得高,才能看得远,然后在这些基础上提出自己的想法,提出自己的问题。提出问题,倒不是说人家的东西不学,乱闯一通。要提出有价值的问题,要对过去的历史有了解,而且要了解得比较深,比人家要高出一等。一方面,要站在巨人肩膀上,另一方面也要看得远。我们应该能在数学领域提出有价值的问题,能够出现由我们开创的领域。提出问题让外国人跟着我们去做,这是很有希望的。要是外国人提出问题让我们去做,这明显地就等于学生了。老师提问题,学生解答。有些问题可能老师做不出来,学生做出来了,你也是落后一步的。这是衡量创新的标准之一。是不是能够提出问题是关键的一步,不是由外国人提出来,而是由我们自己提出来。外国人提出一个庞加莱推测,你把它解决了,即使这样子,你也是落后一步的。庞加莱提出问题是第一流的,你把庞加莱的推测做出来,对于庞加莱来说是第二流的,我们应该这样子来看。"[1]

吴文俊先生的谈话含有以下几个重要观点：（1）提出问题是创新的前提。能提出有价值的问题，才谈得上论文的开创性。研究他人提出的问题，只是跟踪性研究，不是开创性研究。（2）提出问题比解决问题重要。提出问题是第一流的，解决问题是第二流的。明确了这个认识，就不是"文无第一，武无第二"了。（3）如何提出有价值的问题？一要"对客观的情况了解得很透"；二要"对前人的成果要研究得很深"。前者要求对问题的相关材料有系统的准确的了解；后者要求对问题已有的研究成果有深入的准确的认识。这都要靠刻苦钻研反思体悟获得，不能只靠机遇灵感企图获得。

在法史学研究方面。我们也要像吴文俊先生说的那样，努力研究自己提出的问题，尽力获得原创性的成果，争取做出既有新意又有价值的第一流的贡献。这就须认识法史学选题新意的表现并进行具有针对性的考察研究。法史学选题的新意主要表现在两个方面：在材料方面，要能发掘和识别该选题前人没有利用或较少利用的材料，或是对前人已经发掘利用的材料作出新的解释或辨析。在观点方面，要能提出前人没有提出的观点，或是对前人已提出的观点进行矫正或补充。通常称赞有新意的论文"发前人所未发"，就包含了以上所说的两方面的新意。创新选题的发现和提出，取决于学者的学养、天赋、机缘等综合因素，还要经得起时间的检验。开拓新领域的创新选题的提出，只有少数人有此才识有此幸运，可遇而难求。提出一

---

[1] 李涛：《中国口述科技思想史料学》，科学出版社2010年版，第373~376页。

点一滴的小的创新选题，只要学习钻研，多数人都有机会做到。选题只具有新意还不够，还必须具有价值。价值的认定比新意的认定要复杂得多，困难得多。参考吴文俊先生的观点，从学术标准来看，选题价值的认定，一要看选题依据的材料是否可靠，是否充分。材料不可靠的选题，其价值也不可靠。材料不充分的选题，其价值也会减少。二要看对选题相关的研究背景的认识是否明确，是否全面。有的选题已被前人研究证明没有价值，如果认识不明确而继续研究这种选题，就只能做无用功了。对选题的相关研究背景认识不全面，也会减少选题的研究价值。

法史学选题还要有开拓的空间，这主要表现在三个方面：一是选题的大小要适度。不能过大，也不能过小。选题过大，老虎吃天，难于下口。选题过小，难于扩展论证大的命题。提出小型命题适合个人研究，提出中型命题可供团体研究，提出大型命题能吸引同行研究。从我写作博士学位论文《清代民族立法研究》的经验来看，对《理藩院则例》性质、"苗例"概念的考证，属于小型命题的研究。对清代各种民族法规的相互关系和社会作用的考察，属于中型命题的研究。对根据清代民族立法推论的民族法学、宗教法学、地缘法学的倡导，属于大型命题的研究。[1] 二是所选问题已有的相关研究成果不要太多，太多了就难于再开拓新的境地了。三是所选问题涉及的材料，要有利于发掘利用。有的档案材料不对外开放，如果选了密切相关的问题，就难于开展研究。

---

[1] 刘广安：《清代民族立法研究》（修订版），中国政法大学出版社2015年版，第113~152页。

七、感恩法史专业

法史学选题要适合作者的学养和阅历。每个作者的学养不同，有的作者知识面较宽，文史哲、政经法等学科的修养都较好，就能选择内容涉及较广的论题。有的作者知识面较窄，只在个别学科方面有较好修养，就只能选择内容范围较窄的论题，才能在一定期限内完成论文。每个作者的阅历不同，有的作者社会经历丰富，见多识广，对生活认识较深，就能选择与社会联系较多，实践性较强的论题写作。有的作者社会经历少，阅历浅，对生活认识不深，就只能选择与社会联系较少，有利于利用书面材料的问题进行研究，或是及时参加社会调查，以弥补生活阅历的不足。

法史学选题要兼顾微观与宏观的视角。只注意微观视角，局限于个别法学概念或法律条文的认识，见木不见林，导致盲人摸象，坐井观天，甚至抓了芝麻，丢了西瓜。只注意宏观视角，泛论法制的中西特点、古今特点，不作深入考察、具体研究，发现不了细节里的真相，导致大而化之，泛泛而谈，写不出能立得住传得久的论著。

法史学选题还要兼顾内部与外部的视角。局限于法律学科内部的视角，只研究法律规范的内部结构、法律条文之间的相互关系等具体问题，不作交叉学科、跨学科的观察交流，容易导致妄自尊大，自高身价。也容易导致妄自菲薄，自贬身价。只注意外部视角，超出法律学科范围的法律与政治、与经济、与道德、与风俗、与社会变迁、与文化传统、与语言逻辑的关系等外部考察研究，不结合内部视角，学科专业知识浅薄，就会导致游谈无根，议论空泛，难以提出有法学专业深度的新问题。

二、法史学论文选题的论证

法史学论文选题的论证,第一,要注意材料的准确性、系统性和典型性。因法史学论文涉及的材料种类不同,认定不同种类材料的准确性的根据和标准会有很大的不同。如果是以档案材料或文书材料为基础的论文选题,就要求作者具备档案学或文书学方面的基本知识,特别是对相关档案或文书的专门术语,要有准确的理解,才能有效地识别利用有关材料。如果是以文集材料或碑刻材料为基础的论文选题,就要求作者对文集材料或碑刻材料的来源、性质和类型等问题,都有清楚准确的认识,才能有效地展开研究。以其他各种类型的材料为基础的选题,都要具备相关的鉴别知识,才能较好地解决材料的准确性问题。

材料的系统性很重要,只有局部的、片段的或数量虽多却很零散的材料,是不足以写出优秀的法史学论文的,系统的材料才有利于写出优秀的法史学论文。系统的材料主要有两方面的含意:一是有关论文主题的材料要有系统性;二是选自某类文本的材料要有系统性。有关论文主题的材料,是论文的直接证据。建立可靠的直接证据链,又有丰富的间接证据链,就有利于写出论据充分、说服力强的优秀论文。文本来源材料的系统性,也是增强论文说服力的重要依据。如果是选自某地档案的材料,就应系统引用该档案的材料进行论证。如果是选自《明实录》或《清实录》中的史料,就应系统引用实录中的相关史料进行论证。作者如果掌握了系统的论文主题材料,又掌握了系统的文本来源材料,写出优秀论文就大有希望了。有的

七、感恩法史专业

学者提出了比系统性地掌握选题的材料更高的标准,主张对选题相关材料的搜集,要做到竭泽而渔,即全面彻底地掌握选题的材料。这在实践中是难以做到的。因为任何一个选题的材料都不会百分之百地记录下来并保存下来。

只有系统性的材料还是不足以写出优秀的法史学论文。如果只是平铺直叙所有的材料,没有主次轻重区别的辨析论证材料,就只能写出四平八稳的缺乏突出特点的论文。必须认识典型材料,突出典型材料,进行重点论证,才有可能写出主题突出而且特色鲜明的论文。如果是写法律思想史方面的论文,就应当掌握与论题相关的代表性人物和代表性著作的相关思想材料,并进行细致的辨析与重点的论证。如果是写法律制度史方面的论文,就应当掌握与论题相关的重要法典和重要案例的材料,并把相关的法律条文与司法判决互相结合进行重点的考察研究。

第二,要从多个方面论证主题。著名行政法学家王名扬先生的博士学位论文在这方面树立了典范。[1] 该文一是从历史沿革的方面进行论证。根据唐朝、清朝至民国的有关规定进行纵向的论证,不只是描述历史事实,而是揭示历史连续性的精神内涵。二是比较数国法律的相关规定进行横向的论证。该文比较了法国、英国、中国等国家的相关法律规定,突出了中国法上公务员制度的特点。三是从正反两方面进行论证。不只引用正面材料论证观点,而且引用反面材料印证正面观点。如论

---

[1] 王名扬先生的博士学位论文"中国法上公务员对行政相对人的民事责任",巴黎大学法学院1953年答辩通过,既是一篇行政法学论文,研究行政法的基本问题,又是一篇法制史学论文,研究中国古代法到现代法的连续性问题。中译本见王名扬:《王名扬全集④:论文、词条汇编》,北京大学出版社2016年版,第61~197页。

证中国古代法中公务员的民事责任问题,经过正反两方面的论证,王名扬先生认为:"虽然中国古代法典几乎总是将民事责任与刑事责任联系在一起,但是民事责任并不是刑事责任的一部分,也不是刑事责任的附加刑,古代法明确承认民事责任的独立性。"[1]四是引用典型材料进行论证。该文依据《大清律例》、大理院判例和民国《民法典》的有关规定进行了重点的论证,突出了中国法上公务员制度的特点。我在撰写博士学位论文《清代民族立法研究》的过程中,也注意从多个方面论证主题。纵的方面,除了解清代以前历代民族立法的沿革线索之外,具体考察并概述了清代各个时期民族立法的发展线索。横的方面,比较研究了清代对蒙古地区、青藏地区、回疆地区、苗疆地区各民族立法的异同。正反两方面史料的考察,指出了清代对苗疆的民族立法具有二重性的特点。典型史料集中利用了《理藩院则例》《钦定西藏章程》《西宁青海番夷成例》《回疆则例》和苗疆条例等清代最重要的民族法规史料和《清实录》中的相关史料。[2]

第三,结论部分要概括全文要点,完成对中心论点的最后提炼和论证。王名扬先生的博士学位论文在这方面也树立了典范。该文结论部分概括了全文的要点:一是古代法中公务员民事责任的基础是过错责任,责任的范围限于物质损害。二是大理院判例扩大了可赔偿损害的范围,第一次提出了公务员的民

---

[1] 王名扬:"中国法上公务员对行政相对人的民事责任",载王名扬:《王名扬全集④:论文、词条汇编》,北京大学出版社2016年版,第85页。
[2] 参见刘广安:《清代民族立法研究》(修订版),中国政法大学出版社2015年版,第10~140页。

事责任基础是公务员在公务中所犯的个人过错。个人过错概念采纳了古代法上私罪的传统概念,然后将其转移到民事责任领域,并在现代法律框架下表现出来,但在私罪的主观标准的基础上增加了一种客观标准来表现个人过错的特点。三是《中华民国民法典》重新回到了古代法中私罪的传统概念,通过公务员的主观意图和背后思想决定公务员在公务中所犯过错的特点,但增加了补充责任的规定。该文结论部分还指出了中国法上公务员对行政相对人的民事责任制度存在的问题,并提出了改进建议。王名扬先生认为:由于对行政机关责任的限制,公务员的补充责任变成了一种主要责任。中国政府不会给公务员的公务过错偿还赔偿金,不仅有害于公务员,还有害于公务。让公务员承担公务过错的责任会丧失他们工作的积极性,公务也将怠惰。从而提出改进建议:修改《行政诉讼法》,扩大行政机关的责任范围。《中华民国民法典》中有关公务员民事责任的规定很好,符合现代法的发展趋势,也是我国古代法律学家的一种真正的法律遗产。在《中华民国民法典》废除之后,有可能以法律基本原则的形式继续存在下去。[1]

篇幅较多的法史学论文的中心论点的提炼和论证是不能一蹴而就的,要在每章每节内容分析考察的基础之上,逐步归纳,综合论证,全文的中心论点才会渐次鲜明,达到完善。最后形成的中心论点,最好是能用一句完整的话概括出来,成为一个贯穿全文的论点。这一中心论点如果经过同行专家的质疑

---

[1] 王名扬:"中国法上公务员对行政相对人的民事责任",载王名扬:《王名扬全集④:论文、词条汇编》,北京大学出版社2016年版,第189页。

辩难而认可,并经受住时间的检验,就为学科的发展提供了新的概念和命题,作出了前人所无的贡献。凝聚法史学论文主题的中心论点,是该论文选题经过艰苦研究后的成功证明。写作之前定下的选题,只是一个没有经过详细考察和综合论证的命题或假说。写作之中或写作结语时提炼出来的中心论点,或称本文的结论,才是经过考察论证得到的具有独创性的新观点。社会科学论文提炼得到的结论,虽然不能像自然科学论文的结论一样,能通过实验反复证明,但应经得起同行专家考察相关史料和方法的质疑或认可。我在1988年撰写的博士学位论文《清代民族立法研究》,在这方面提供了可资参考的范例。该文在分别论述清代对蒙古地区、青藏地区、回疆地区、苗疆地区各民族立法的基础之上,最后得出结论:清代民族立法"不但具有因族制宜的特殊性,而且具有发展趋势上的共同性:即不断向内地化的方向发展"。[1]

---

[1] 刘广安:《清代民族立法研究》(修订版),中国政法大学出版社2015年版,第163页。

东斋法史文录

一、家法族规

1.《明清家法族规概观》[载于《自修大学》(政法专业)1987年第1期]

2.《明清家法族规的作用》[载于《自修大学》(政法专业)1987年第1期]

3.《论明清的家法族规》(载于《中国法学》1988年第1期)

4.《家法族规与封建民事法律》(载于《法律学习与研究》1988年第2辑)

二、民族法规

1.《简论清代民族立法》(载于《中国社会科学》1989年第6期)

2.《对凉山彝族习惯法的初步研究》(载于《比较法研究》1988年第2期)

三、民间调解

1.《民间调解与权利保护》(载于夏勇主编:《走向权利的时代》,中国政法大学出版社1995年版)

2.《民间调解与中国法律传统》(载于刘广安:《中国法

律传统的再认识》，中国政法大学出版社 2018 年版）

四、法史学术

1. 《杨鸿烈与中国法律史学》（载于《法学家》1994 年第 3 期）

2. 《二十世纪中国法律史学论纲》（载于《中外法学》1997 年第 3 期）

3. 《中国法史学基础问题反思》（载于《政法论坛》2006 年第 1 期）

4. 《梁启超的中国法史学观》（载于刘广安：《中国古代法律体系新论》高等教育出版社 2012 年版，第 233~245 页）

5. 《法史学著作的典范》（载于高鸿钧、王明远主编：《清华法治论衡》（第 5 辑），清华大学出版社 2005 年版）

6. 《重读〈中国法律与中国社会〉》（载于《法制史研究》2009 年第 15 期）

7. 《〈沈家本年谱长编〉评介》（载于《比较法研究》1993 年第 1 期）

8. 李贵连：《沈家本传》（载于《中外法学》2001 年第 4 期）

9. 苏亦工：《明清律典与条例》（《中外法学》2000 年第 2 期）

10. 《法史学评论的范式问题》［载于林乾：《法律史学研究》（第 1 辑），中国法制出版社 2004 年版］

11. 《小议〈民本与民权〉的几个问题》（载于高鸿钧、王明远主编：《清华法治论衡》（第 8 辑），清华大学出版社 2006 年版）

12.《写法史学论文的反思》［载于朱勇主编：《中华法系》（第 7 卷），法律出版社 2016 年版］

13.《中国传统法律体系与法律变通》（2018 年 10 月法史学年会讲座提纲）

14.《学位论文的典范》（授课提纲，载于刘广安、孙斌、王虹懿：《中国传统刑法》，中国政法大学出版社 2020 年版附录 2）

15.《法史学论文的选题及论证》（载于《云南法学》2019 年第 1 期，又载于刘广安、孙斌、王虹懿：《中国传统刑法》，中国政法大学出版社 2020 年版附录 3）

16.《中国传统刑法的发展线索及主要特点》（讲座稿，载于刘广安、孙斌、王虹懿：《中国传统刑法》，中国政法大学出版社 2020 年版附录 4）

五、法律思想

1.《儒家的家族主义》［载于《自修大学》（政法专业）1986 年第 1 期］

2.《儒家的礼治思想》（载于刘广安：《中华法系的再认识》，法律出版社 2002 年版）

3.《沈家本法学思想近代化简议》（载于法大沈家本法学思想研讨会编：《沈家本法学思想研究》，法律出版社 1990 年版）

4.《法家法治思想的再评说》（载于《华东政法大学学报》2006 年第 2 期）

5.《法典概念在晚清论著中的运用》（载于《华东政法大学学报》2009 年第 6 期）

六、法律体系

1. 《中国传统法典与法律体系反思》（转载于刘广安：《中国古代法律体系新论》，高等教育出版社2012年版，第3~23页）

2. 《中国法律体系认识的发展》（载于刘广安：《中国法律传统的再认识》，中国政法大学出版社2018年版）

3. 《中国传统律典的协调适用原则》[载于朱勇主编：《中华法系》（第9卷），法律出版社2017年版]

七、法律作用

1. 《中国古代法典作用的再探讨》（载于《中国法律史学会2007年国际学术研讨会论文集》，中国政法大学出版社2008年版）

2. 《令在中国古代的作用》（载于《中外法学》2012年第2期）

3. 《大清会典三问》（载于《华东政法大学学报》2015年第6期）

八、法律传统与变通

1. 《中国法律的传统》（载于《研究生法学》1996年第4期）

2. 《明朝的皇权与立法》（载于《法学》1998年第5期）

3. 《儒家法律特点的再认识》（载于《比较法研究》2005年第3期）

4. 《中华法系特点的发展》（载于《美中法律评论》2006

年第 8 期)

5.《中华法系生命力的重新认识》(载于《政法论坛》2011 年第 2 期)

6.《古代律典的确定性与不确定性》(载于刘广安：《中国古代法律体系新论》,高等教育出版社 2012 年版)

7.《中国法律传统的再认识》[载于朱勇主编：《中华法系》(第 11 卷),法律出版社 2018 年版]

九、其他专论

1.《古代赎刑考略》(载于《政法论坛》1985 年第 6 期)

2.《古代印度婚姻制度简介》[载于《自修大学》(政法专业) 1986 年第 2 期]

3.《中国古代法的演变》[载于《自修大学》(政法专业) 1987 年第 7 期]

4.《中国封建法律的基本精神》[载于《自修大学》(政法专业) 1988 年第 2 期]

5.《略论比较法制史的研究对象、意义、体系和方法》[载于《自修大学》(政法专业) 1988 年第 4 期]

6.《秦代官吏渎职罪述略》[载于《自修大学》(政法专业) 1988 年第 7 期]

7.《传统习惯对清末民事立法的影响》(载于《比较法研究》1996 年第 1 期)

8.《重温严复的一次宪法讲演》(载于《中国财经报》2004 年 2 月 24 日)

十、指导硕士学位论文

1. 《清末军事立法简论》,罗向京撰。
2. 《藏传佛教对藏区法制的影响》,蒋雪莲撰。
3. 《清代典权制度初步研究》,陈志红撰。
4. 《清代的法律解释》,陈新宇撰。
5. 《金代法律的渊源及其运用》,龙威撰。
6. 《清代发遣制度研究》,刘炳涛撰。
7. 《近代中国立宪的变化》,贾晖撰。
8. 《近代中国民法基本原则简论》,韩冰撰。
9. 《清代的调解制度》,赵连峰撰。
10. 《民国的调解制度》,赵建蕊撰。

十一、指导博士学位论文

1. 《清代州县官吏的司法责任》,李凤鸣撰。
2. 《近代中国民法原则研究》,韩冰撰。
3. 《清代民事纠纷的民间调处研究》,胡谦撰。
4. 《清代买卖契约研究》,刘高勇撰。
5. 《清代审判纠错机制研究》,李燕撰。
6. 《清代丧葬法律与习俗》,刘冰雪撰。
7. 《近代中国侵权行为法研究》,王亚敏撰。
8. 《清代西部宗教立法研究》,田庆锋撰。
9. 《宪政编查馆与晚清法制改革》,戴馥鸿撰。
10. 《资政院与晚清法制改革》,杨小莹撰。
11. 《宋代老年人法律保护研究》,石璠撰。

12. 《宋代漕运法制研究》，周春雷撰。
13. 《清代则例适用研究》，沈成宝撰。
14. 《清代因案生例考》，孙斌撰。
15. 《清代法律在彝族地区的适用》，王虹懿撰。
16. 《宋代官吏处罚制度研究》，黄山杉撰。(在研)
17. 《明清刑法教育研究》，陈泉廷撰。(在研)
18. 《清代刑法变通适用研究》，申巍撰。(在研)

其中，李凤鸣学位论文由复旦大学出版社 2007 年出版，田庆锋学位论文由人民出版社 2014 年出版，刘高勇学位论文由中国社会科学出版社 2016 年出版，石璠、刘冰雪、沈成宝学位论文收入"古代历史文化研究辑刊"第 16 编第 12 册、第 17 编第 21 册、第 18 编第 11 册，于 2016 年和 2017 年出版。其他学位论文也多发表或出版。

刘广安法史研究代表作

1. 论明清的家法族规

发表于《中国法学》1988年第1期。本文在法律史学发展史上，首次论证了明清家法族规的性质与效力问题，特别论证了明清家法族规与国家制定法的内在联系和在调整民事关系方面的重要作用问题。

2. 对凉山彝族习惯法的初步研究

发表于《比较法研究》1988年第2期。在法律史学发展史上，本文首次论证了凉山彝族习惯法的法律作用和法律意义问题，提出了"中央王朝的法律大一统和各少数民族地区法律的多元性特点"的重要观点，对少数民族习惯法的研究和民族法学的发展起到过一定的推动作用。

3. 简论清代民族立法

发表于《中国社会科学》1989年第6期，该文译文全文载于该刊英文版1990年第4期。1996年获司法部优秀论文奖。2009收入曾宪义主编的《百年回眸：法律史研究在中国》，中国人民大学出版社2009年出版。本文引证的嘉庆朝《理藩院则例》，1987年抄自中央民族学院图书馆。关于苗例的考证材料，查自中国第一历史档案馆的《朱批奏折》民族类。

其他民族法规的论证依据，来自系统阅读《清实录》中的相关记载。这些材料引证的领先性、准确性和系统性，都是抢先发表相关论文的同行学者当时尚未见及的。本文关于清代民族法规的相互关系和发展趋势的论证，特别是关于清代民族法规发达的原因、蕴含的法学意义与历史意义的探寻和阐明，不仅是同行学者当时尚未论及的，而且是学界近年的相关研究成果也不可替代的。

4. 民间调解与中国法律传统

本文选自《民间调解与权利保护》第一、第四部分，标题新拟，内容有删改。原作发表于《走向权利的时代：中国公民权利发展研究》。[1] 在法律史学发展史上，本文较早地论证了民间调解在中国法律传统中的重要意义。笔者在后来的研究中，把"重视民间纠纷的调处解决"作为中华法系或中国法律传统的重大特点，是对本文认识的进一步提炼。

5. 中国古代法典作用的再探讨

中国古代法典的作用主要在于对民众进行教化、警示和威慑，而不在于司法判决。法典运用到司法判决中，只是统治者治理国家不得已而为之的选择。用现代法学观点去贬低或否定中国古代法典的价值和作用，值得再探讨。本文发表于《中国法律史学会 2007 年国际学术研讨会论文集》。利用思想材料论证制度问题是本文的突出特点，在法律史学发展史上，明确

---

[1] 夏勇主编：《走向权利的时代：中国公民权利发展研究》，中国政法大学出版社 1995 年版。

提出并论证了关于传统法典作用的观点："传统法典的作用主要在于对民众进行教化、警示和威慑，而不在于司法判决。"

6. 令在中国古代的作用

本文原为中国政法大学法律史学研究院2011年10月国际学术研讨会论文。2011年12月笔者购得杨一凡教授主编的《法律史论丛》第11辑《中国古代法律形式研究》。[1]该书中载李玉生教授撰《唐代法律体系综论》一文，该文对唐代律与令在功能上的关系有部分论述，与笔者在本文中的相关论述有相近的见解和不同的地方。请读者对照参看，以深化对令的作用的认识。令在中国古代主要是在秦汉至唐宋的历史上，是与律同样重要的法律形式。令的作用，主要表现在行政管理和社会管理方面的指导作用和惩戒作用，还有奖励作用和教化作用。令在秦汉至唐宋的法律体系中，与律互相配合，在重要制度和一般制度方面都起到了互补的作用。令在产生、发展和转变的不同时期，在处理行政事务与社会事务的方式、范围和程度方面，显现了不尽相同的作用。

7.《大清会典》的效力、适用方式与编纂意义

本文曾以《大清会典三问》之名，发表于《华东政法大学学报》2015年第6期。编纂《大清会典》，具有确立法统、统一法律体系的政治意义和法律意义，又有建立盛世标志、争取官民拥戴的文化意义和教育意义。为正确认识清代会典的性

---

[1] 杨一凡主编：《中国古代法律形式研究》，社会科学文献出版社2011年版。

质、效力和编纂意义作出了有说服力的论证，并为认识清代法律体系的构成特点提出了有重要价值的观点。

8.《大清律例》的协调适用原则

特例与通例的协调适用原则

法典正文与暂行法令的协调适用原则

正条规定与比附例案的协调适用原则

新律与旧律的协调适用原则

本文发表于《中华法系》第九卷，[1]是从法典内部认识中国传统法律体系的重要论文。

9. 20 世纪中国法律史学论纲

本文根据笔者 1993 年 9 月赴云南大学法律系准备的讲稿《中国法律史学的历史与现状》改写而成，发表于《中外法学》1997 年第 3 期，并获该刊优秀论文奖，后载于李贵连主编的《二十世纪的中国法学》。[2]中国现代法律史学是在传统法律史学和外来法律史学的双重基础上建立起来的。沈家本和梁启超有关中国法律史学的论著，为中国现代法律史学的建立起了奠基性的作用。因不明梁启超有关中国法史学的论著吸收日本学者相关成果的具体情况，本文未专门评论梁启超的法史学贡献，留下重大缺憾。2003 年借编著《中国法律思想简史》的机会，专门论述了梁启超关于中国法史学的主要贡献。20 世纪前期，日本学者浅井虎夫等人关于中国法律史学的著作，为

---

[1] 朱勇主编：《中华法系》（第 9 卷），法律出版社 2017 年版。
[2] 李贵连主编：《二十世纪的中国法学》，北京大学出版社 1998 年版。

中国现代法律史学的建立也起了重要的作用。请读者注意参考。

10. 中国法史学基础问题反思

中国现代法律史学是在传统法律史学和外来法律史学的双重基础上建立起来的。正确认识中国法律史学的学科性质，对完善这门学科的独立品格，促进这门学科的进一步发展具有重要意义。运用现代法学理论，特别是运用部门法理论去分析中国传统社会的法史材料，是中国现代法史学研究方法形成和发展的主要标志。但不应简单地用部门法理论、现代法理学的一般概念去比附评论中国传统法史材料，使中国法史学研究带上过分浓厚的现代色彩。应重视法史学研究的学术批评问题，提倡既非庸俗吹捧也非恶意贬低的高水平的独立评论。

本文原载《政法论坛》2006 年第 1 期，后人大报刊复印资料 2006 年第 6 期转载。本文与笔者 1997 年发表的《二十世纪中国法律史学论纲》一文和 2007 年主编的《中国法制史学的发展》一书，是《中国法律史学通论》的阶段性研究成果。

11. 中国法律体系认识的发展

春秋战国时期对法律体系的认识
秦汉魏晋时期对法律体系的认识
唐宋时期对法律体系的认识
明清时期对法律体系的认识
近代学者对中国传统法律体系的认识
近代学者对法典概念与部门法体系的认识

现代学者对六法概念与体系的认识

本文由 2010 年以来的部分讲稿和发表论文组成,利用思想史料论证制度问题是贯穿本文的主要方法和基本特点。这种方法和特点,我在 2012 年高等教育出版社出版的《中国古代法律体系新论》的后记中,提炼为"思想材料与制度材料互证"的研究方法。

12. 中华法系生命力的重新认识

中华法系两类概念的不同认识,导致了对中华法系生命力的不同认识。从民族文化传统的角度,认识贯穿中华法系全部发展过程的含有较多积极意义的仍有生命力的因素,有助于深化认识中华法系的概念及其相关命题。本文发表于《政法论坛》2011 年第 2 期,选入马小红、刘婷婷主编的《法律文化研究》(第 7 辑:中华法系专题)。[1] 笔者曾发表论文《中华法系特点的发展》,载于《美中法律评论》2006 年第 8 期,已收入《中国古代法律体系新论》之中。

---

[1] 马小红、刘婷婷主编:《法律文化研究》(第 7 辑:中华法系专题),社会科学文献出版社 2014 年版。

刘广安主要论著、主持项目、参加项目

一、主要论著

1. 《清代民族立法研究》（中国政法大学出版社 1993 年初版，2015 年修订版）

2. 《中华法系的再认识》（法律出版社 2002 年版）

3. 《中国古代法律体系新论》（高等教育出版社 2012 年版）

4. 《中国法律传统的再认识》（中国政法大学出版社 2018 年版）

5. 《中国法律思想简史》（高等教育出版社 2004 年第 1 版，2007 年第 2 版，2011 年第 3 版）

6. 《中国法制史》（高等教育出版社 2008 年第 1 版，2014 年第 2 版）

7. 《清代法律体系辨析》（与沈成宝合著，中国政法大学出版社 2017 年版）

8. 《清代法律体系辨析》（修订版），（与沈成宝、孙斌合著，中国政法大学出版社 2022 年版）

9. 《口述法史》（九州出版社 2021 年版）

二、主持项目

1. 《中国立法史研究》（1997 年至 2002 年）

2. 《中国古代民族自治研究》(2006 年)
3. 《中国法制史学的发展》(2007 年)
4. 《晚清法制改革的规律性探索》(2007 年至 2012 年)
5. 《中国传统法律体系与社会秩序》(2014 年至 2017 年)
6. 《中国传统刑事法律与社会控制》(2016 年至今)

三、参加项目

1. 《清朝法制史》
2. 《中国法学大辞典》(法律史学卷)
3. 《中华大典》(诉讼法分典副主编)
4. 《中华律令集成》(清卷)
5. 《二十六史大辞典》(刑法志)
6. 《中华监察大典》
7. 《中国法制通史》(明卷、清卷,任明卷副主编)
8. 《中国司法制度史》(副主编)
9. 《走向权利的时代》(副主编)

八

感恩时代命运

求学简历

明朝云南陆良卫指挥使刘震后裔刘云，于清康熙年间至硝硐村安家。该村位于滇东陆良、罗平、师宗三县交界的杨梅山下。我的少年时代即在该村六户人家的上寨度过。村里识字的人少，书很少。三哥、四哥、五哥留下的小学课本和初中课本，语文、历史、地理三书，我反复看了多遍。1979年我参加高考，语文得了84分，历史、地理各得了94分，幸运地考上北京大学法律学系。三门成绩得益于当年的童子功。

小学时期，四哥买的全套《三国演义》连环画，是我了解历史的启蒙读本，也锻炼了我讲故事的表达能力。五年级时，借到《西游记》小说，看得入了迷。父亲数次命去挑水，都未听清。听清了又顶嘴不行动，父亲大怒要烧此书。书虽未烧，但还给赵老师后，就再没有看过该书下册。小学中学时期，回家就要下地干活。大雪天大雨天方可在家读书。插秧季节大雨天也要下地干活。父亲辛劳扶持几个孩子读书，已是当地有远见的人士。

1967年夏，在大舍小学淘汰的书里得到何其芳著《诗歌欣赏》。书中欣赏李白《蜀道难》、白居易《长恨歌》《琵琶行》的内容，影响了我一生欣赏古典诗歌的倾向。成年后，我才理解李白写蜀道、世道艰险的意境。2010年写《三致猫儿》七言长诗，比《琵琶行》多十余行，也源于此书影响。

学法命运

童年的阅读培养了我喜欢文史学科的兴趣。大学本科读了法学,研究生选择法律史学作为学术方向。至今仍以法律史学研究为职业、为事业,都根植于童年读书的种子。

一、1961—1965 年（硝硐小学）

1961 年 7 月至 1965 年 7 月,硝硐小学读一年级至四年级。连续担任年级学习委员。一直是孙绍武老师任教。孙老师是经过古文阅读训练的老一辈读书人,他教小学语文主要是背诵每篇课文,教作文主要是写家乡四季变化或给亲友写信。五哥写的《可爱的家乡》,我写的《给当解放军的三哥的一封信》,曾被作为范文朗读,并抄录张贴在教室墙壁上。孙老师培养了我的背诵能力和写作能力,让我受益终生。我永远感念这位老先生。

二、1965—1971 年（大舍小学、附中）

1965 年 9 月至 1968 年,大舍小学读高小,连续担任年级学习委员。窦家寿老师任语文课教师兼班主任。曾有郑州大学生吴某串联到大舍小学任课,教毛主席语录。1967 年某天,在大舍小学淘汰的旧书中,我找到一本何其芳写的《诗歌欣赏》。我学习欣赏诗歌,欣赏人生和世界美好的方面,受此书益处甚深。不上课时,就回村劳动。我年龄小体质弱,得最低档工分。在大舍小学读书数年,每天早上 5 点至 6 点,在煤油灯或明子火下,母亲做饭送行。慈恩深重,终生难报！回忆至此,泪落难忍！1969 年至 1971 年,大舍小学读附中。担任年级学习委员。金建甲老师任语文课教师兼班主任。其中,1971

年 4 月中旬至 7 月中旬，在竹基公社东风水库劳动并学习。认识了竹基公社其他附中的老师和学生，开阔了眼界，锻炼了体力和意志。

三、1971—1973 年（师宗一中：高中）

1971 年 9 月至 1973 年 7 月，在师宗一中高三班读书，任英语课代表。陈宗山老师任语文课教师兼班主任。陈老师是安徽人，20 世纪 50 年代毕业于华东师范大学，自愿到云南边疆任教。他讲课思路开阔，情绪饱满，激励人心。他给我的周记批语"贵在坚持、自觉"，成为我的终生座右铭。他给我的毕业留言"有志者事竟成"，激励我一直努力学习。他指定我为班上每个同学起草毕业鉴定，还安排我在毕业典礼上代表学生发言，我至今记得发言结语。

四、1973—1975 年（硝硐村务农、代课教师）

1973 年 7 月至 1974 年 5 月，成为硝硐村社员。1974 年 5 月至 8 月，参加竹基公社化学除草工作。独自穿越深山老林，送除草剂到偏远村寨。1974 年夏，被选为优秀回乡青年，参加师宗县政府组织的表彰大会。1974 年，为硝硐村写建立生产队以来的总结，用于参加大舍大队会议交流，受到会议好评。这是我学习写史的开端。1974 年 9 月至 1975 年 6 月，代殷朝光老师任课，教小学一年级和三年级。给小学生削铅笔、理发，栽烤烟卖，免去学费。1975 年 6 月至 8 月，经殷朝光老师推荐，在大舍小学任附中语文教师。带领学生改修公厕，清扫环境。这是我一生最具有奉献精神的年月。

五、1975—1977 年（曲靖师范学校：中专）

1975 年被推荐选拔上大学，竞争不过家庭背景强的学生，经陈宗山老师的力荐，上了曲靖师范学校中文班。担任生活委员，为同学发送饭菜票。余荣忠担任班长（后担任曲靖市人大常委会副主任，已故）。第一年是杨光斗老师任班主任，第二年是钟坤杰老师任班主任。杨、钟二位老师都是出色的历史学任课教师。王新成老师讲哲学课，受其启发很大。杨纯老师教古文课，传称为"滇东北活字典"。韩一德老师任政治经济学课，曾让我试讲政治经济学课一次。曲师学习期间，我曾投稿《云南日报》发表过一首五言诗和一首词。写过数首长篇自由诗。悼念周总理的长诗，被选为班级合诵节目，在学校广播数次。都是政治抒情诗，幸好毕业后没有再写下去。

六、1977—1979 年（师宗五龙中学）

1977 年 7 月，在曲靖师范学校以各科成绩优秀毕业。因写作小有名气，误以为能留校工作。实际留校学生，早有组织内定。一介书生完全不了解内情。分回师宗县后，一中也进不了。安排到师宗第二中学（五龙公社中学）工作。这是一所距离县城 100 多里的少数民族地区中学，刚由初中提升为高中。只有一名云南师范学院毕业的数学老师上过大学。校长安排我担任初一和高二的语文课教师。宿舍安排在离本校部一里外的一所孤零零的房子中。这所房子是改造下放干部的房子，一层各间都积了厚厚的灰土。久无人住，蛛网遍布。学校安排给我一层的一间，实在无法打扫居住。一位住二层的年轻老师下乡去了，把他的房间让给我暂住。他的房间是自己用木板搭的顶棚，用报纸裱的四周。缝隙很多，蚊虫不少。学校的小水电站供电不足，常要自备油灯看书。白天教书，晚上刻苦自学，准备参加高考。这所学校正在新建之中，劳动很多。师生到数十里外的深山中，扛木料多次。当时有规定，中专师范毕业生要工作满两年方可报名参加高考，并且限报对口专业。我在1979年7月得到批准参加高考。历史和地理两科都考了94分，帮助我考上了北京大学法律系。我是从师宗县直接考上北大的第一名学生。县文教局给了我90元路费到北京。

七、1979—1983年（北京大学）

进北大后，校园比我预想的美，宿舍比我预想的差。头几个月是30多个男生住一个大房间，后来是七个男生住一个宿舍。我不愿到教室或图书馆抢占座位上自习，常在宿舍看书，很憋闷。尤其是不喜欢枯燥的法学课程。当时不能转系学习，只能勉强去上课。大一时患了严重的湿疹，身体奇痒，休息不好，上课精神分散。关键的一年外语课，没有学好，勉强及格过关。连担任课代表的语法课和逻辑课也未获得优秀。北大本科四年，学习成绩优少良多，生活经历乐少苦多。听张国华老师主讲《中国法律思想史》、由嵘老师主讲《外国法制史》，受益颇多。旁听中文系的《论语》课和《文心雕龙》课，受益颇深。仔细阅读云南学人艾思奇的哲学著作，杨鸿烈的法律史著作，以及姜亮夫的文章，受益深远。大三时打算毕业后从事中国法制史的教学工作，却没有想考研究生。1982年10月中旬，在石家庄河北省第二监狱实习过程中，收到云南同乡北大 1981 级学生杨君寄送的《中国法制史》统编教材，决定参加 1983 年 2 月的北大研究生考试。[1]时间紧迫，准备仓促，法律史专业考试成绩较好，英语考试成绩不及格。正遇中国政法大学成立，需要很多研究生。与同乡张晓辉商谈后，一道进法大读研究生。

北大四年，虽然苦多乐少，但同学毕业纪念册上的留言尚有余温。季卫东留言："赠广安学友：以史为鉴，通经邦纬国之道；以诚为本，做高风亮节之士。一九八三年七月十六日于燕园。"张志铭留言："苦心人天不负，有志者事竟成。"伍彪留言："潜心向学。"夏华留言："满腹经纶，出口成章——刘教授广安雅鉴。"吕岩峰留言："法学史学集于一身。"刘刚留言："得大自在。"还有云南老乡北大中文系 1978 级学生张曼菱留言："我们是聂耳的老乡，是护国军的后裔，中华今日的现代文明应从我们手中诞生。与广安同乡共勉。"

八、1983—1989 年（中国政法大学）

1983 年 9 月，进入法大后，经张晋藩先生破格录取和直接指导，先后撰写了《古代赎刑考略》《对凉山彝族习惯法的初步研究》的学年论文，发表于《政法论坛》1985 年第 6 期，《比较法研究》1988 年第 2 期。撰写了硕士学位论文《论明清的家法族规》，缩写本发表于《中国法学》1988 年第 1 期。博

---

〔1〕 1983 年 1 月 20 日收到父亲去世的信息。辗转难寐，夜拟挽联，清晨录下，正巧百字："悲音南来老父灵归九天重病十年有心望子成龙痛度春秋冬夏劳瘁一世幸见六儿齐家期望百岁延寿有涯长传耕织佳话　古都北恸小儿儿泪洒燕园离乡万里无意升官发财立志成名成家寒窗数载但愿文显中华重回龙海再拜白腊哭祭杨梅山下。"（悼父联，1983 年 1 月 20 日写于北大，龙海山、白腊山为滇东名山）

八、感恩时代命运

士学位论文《清代民族立法研究》，缩写本发表于《中国社会科学》1989 年第 6 期，该文译文载该刊英文版 1990 年第 4 期。全书经张先生推荐，1993 年由中国政法大学出版社出版。当时定价 4.5 元，2015 年发现有网店涨价至 100 元，遂出了新的修订版。修订版后记收入了 1988 年 12 月 30 日完成此书初稿时的感怀小诗："二十三年寒窗路，一纸论文透心血。父母师长妻友问，亦喜亦悲意难却。"收入了张先生的和诗："二十三年寒窗影，危坐求知意更真，沧海人生方起步，可怜天下师友心。"

九、1989 年—现在（中国政法大学法律史学研究所）

1989 年博士毕业留校后，[1] 1992 年任副教授，1995 年任法律史研究所副所长，1998 年任教授，并主持研究所日常工作。2002 年换届选举，提交退选申请。其中写道："我在研究所任职已有 7 年，做了力所能及的工作。应让优秀学者轮流为大家服务。"遂辞去副所长职务。

2002 年，在徐显明校长的帮助下，学校批准担任博士生导师。已招博士生 16 届，共 18 人，已毕业 16 人，均为优良。

自 2002 年以来，我出版了《中华法系的再认识》《中国古代法律体系新论》两本论文集，前者收录了家法族规、民族法规、民间调解和法史学科反思等论文，后者收录了律典作

---

[1] 1990 年 5 月，慈母，76 岁去世，与五哥共撰 76 字挽联："能耕能收能织如金在镕如玉在璞力劳心劳为刘门如今长眠悲切切六子齐痛哭母仪垂千秋　爱夫爱子爱孙与人无忤与世无争仁心仁德出陈家于此永诀意绵绵五媳共招魂慈恩传万代。"（慈母挽联，五哥撰写，六弟补充。1990 年 5 月于硝村）

用、令典作用、明清法律体系综论等论文。又出版了这两本论文集的增订本《中国法律传统的再认识》，增加了研究中国法律体系的发展和大清会典方面的论文，并出版了《中国法律思想简史》《中国法制史》两本教材。前者以系统引证基本史料、吸收前辈学者优秀成果又有所发展为主要特征，已出了三版，印刷多次；后者以简要通俗阐述历代法制演变线索、探索古代法律知识当代化为主要特征，已出了两版。主持项目《中国法制史学的发展》《中国古代民族自治研究》《晚清法制改革的规律性探索》《清代法律体系辨析》《中国传统刑法：发展线索生成方式与变通适用》，均已出版。

2018年9月8日，应中国法律史学会执行会长张中秋教授特邀，在中国法律史学会年会上作主题报告《中国传统法律体系与法律变通》，惜无录音，未能整理成文！

八、感恩时代命运

简说命运

人的一生，由命、运构成。命由天定，运由人定。命决定生、死，运决定过程。

生于何时、何地？死于何时、何地？前者由不得自己选择，后者一般也由不得自己选择。所以说：命由天定。何时、何地做什么，不做什么，自己可以选择。所以说：运由人定。

命由天定，难以言说。运由人定，可以言说。人的一生，有很多顺境之运，也有很多逆境之运。有很多上升之运，也有很多下降之运。前者是好运，后者是歹运。好运、歹运是可以选择的，也是可以转化的。选择得好，转化得好，顺境多，幸福多。反之，逆境多，不幸多。

余在1979年，从云南师宗县五龙乡考上北大本科，是平生最大的一次幸运。也是多年苦读，逆境奋斗，争取到的幸运。但在本科期间，困于身心调整，方向选择，耽误宝贵时光，学习逆境增多。1983年，匆忙上阵考研究生失利，遇到法大建立，多招研究生，得以转学再读。考北大研究生失利的不幸，转化成读法大研究生的幸运。如果当时不读研究生，很可能忙于应付毕业后的工作，年龄增大，就终生失去读研机会了。

2002年，因遇突发事件，加之身患疾病，工作困难，余辞去行政职务，由上升之运转为下降之运。已近孔子说的知天命年龄,及时调整心态,全力用于学术专题。经十余年奋战,写出力所能及的文章,出版超出预想数量的著作。逆境转为顺境,歹运转为好运。

2019年,离退休还有3年,遇学校科研考评制度突变,基地重大项目不能再招博士生,遂提前停止招博,失去了再招博士生助力研究的好运。但没有新的项目压力,得以专心重读儒家经典,在疫情期间,在腰病时发之中,写出《论语重读》新书,实现平生一大心愿。

(2022年7月3日于京华东斋,特写小文,简说对命运的认识和体悟,送给准备考研的侄孙,也供东斋诸生和微信圈友参考)

八、感恩时代命运

再说命运

婚姻是缘,是运,是双方的自愿选择,不是命中注定。姻缘注定的常言,是把运当命了。常言所说,婚姻要门当户对,一是要职业相近,二是要地位相近。如此认识,经过身心磨砺多年,我才获得。

1976年冬,曲靖师范同班的郎同学,邀我给她姑母工作的医院讲一次课:毛主席的青少年时期。郎同学是曲靖城里人,了解信息多。1977年春季学期,离开师范学校,当年参加了高考,考上武汉测绘学院。

1977年7月,我在曲靖师范毕业后,未能留校工作,分到远离县城的师宗县五龙公社学校工作。当时有规定,中专师范毕业生须工作满两年方可报名参加高考。郎同学高考成功,对激励我1979年7月参加高考,具有榜样的意义。

1982年中秋,我在石家庄实习期间,收到北大本科老乡杨同学寄赠的《中国法制史》,决定参加1983年春季考研。得以转到法大读研工作至今。

郎、杨二位同学,在我认识自己,认识社会,选择职业,建立家庭的过程中,帮助很大。郎同学的先生是厅级高官,儿子现在德国,她游历了世界很多美景。杨同学是中共十八大代表,行业劳动模范,全国三八红旗手。

我虽然学了法学,但没有从政的冒险精神和牺牲精神,只有治学的坚韧精神和专注精神。我记住了郎同学1976年底的留言：欲穷千里目，更上一层楼。也记住了杨同学1984年春天的寄语：愿今有志者，鼎力社科魁坛，送君一束故乡的报春花。

人生路上，运可选择，气可转化。阴气转化成阳气，晦气转化成朝气，戾气转化成勇气，怒气转化成豪气，闷气转化成爽气，邪气转化成正气，怨气转化成志气。不因生气失运，不因生气伤身。最终做到不负天命，不负使命，不负才学，就应当感恩命运。

后　记

书稿先发诸位学友，收到很多鼓励。特选两位回复，表达本书谢意："能把法史学术问题和命运人生这些哲学问题联系在一起，需要极高的修为境界，肯定会引起很多读者的思考与共鸣。""我读后很有感慨，老师一路走来，虽然艰辛、艰难、艰苦，但亦有温馨、温暖、温情。我也就好像陪着老师走了一遍人生一样。"

又写古体小诗数首，选录三首作为后记：

求学小传写命运，历经考战倍伤神。
经典深处觅家园，问道路上寻友人。

学法命运是歌谣，有悲有叹有欢笑。
天佑斯文修六艺，血汗浇灌长春苗。

出版此书有所念，留给晚辈与青年。
人生命运各不同，渡过难关皆靠缘。

刘广安

2023 年立春之日修订于京华东斋